妈妈打电话的地方

谢志强 著

天津出版传媒集团
百花文艺出版社

图书在版编目(CIP)数据

妈妈打电话的地方 / 谢志强著 . -- 天津：百花文艺出版社，2022.4
ISBN 978-7-5306-8181-7

Ⅰ.①妈… Ⅱ.①谢… Ⅲ.①小小说—小说集—中国—当代 Ⅳ.① I247.82

中国版本图书馆 CIP 数据核字（2021）第 243356 号

妈妈打电话的地方
MAMA DA DIANHUA DE DIFANG
谢志强　著

出 版 人：薛印胜
特约策划：凌　翔
责任编辑：胡晓童
出版发行：百花文艺出版社
地址：天津市和平区西康路 35 号　　邮编：300051
电话传真：+86-22-23332651（发行部）
+86-22-23332656（总编室）
+86-22-23332478（邮购部）
网址：http://www.baihuawenyi.com
印刷：廊坊市海涛印刷有限公司
开本：710 毫米 ×1000 毫米　1/16
字数：153 千字
印张：13
版次：2022 年 4 月第 1 版
印次：2022 年 4 月第 1 次印刷
定价：69.80 元

如有印装质量问题，请与廊坊市海涛印刷有限公司联系调换
地址：河北省廊坊市安次区码头镇金官屯村
电话：（0316）2516002　邮编：065003

目　录

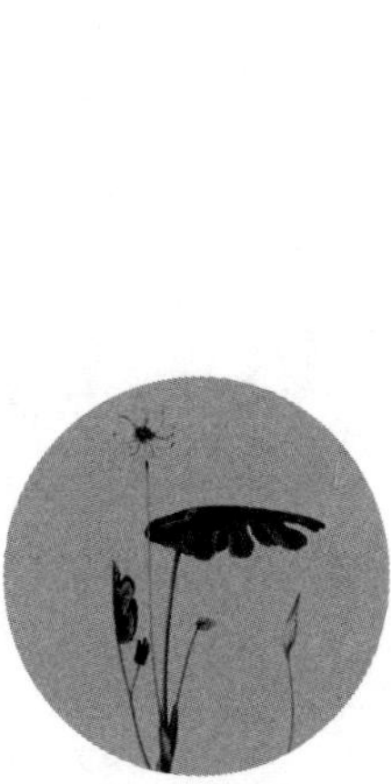

舅舅的鼓

我刚进村子，就碰上了舅舅。难道他知道我要回来？我可是没对别人提起过回村的事儿呀。舅舅一副蔫不唧的样子，像一棵枯萎的老树。我说：舅，你还好吗？

舅舅抚抚胸口，说：心不行了，不知道它什么时候停止跳动。

我说：舅舅，你不是好好的吗？

舅舅仿佛抓住个救生圈，把我又薄又嫩的左手握在他又厚又大的右手里。那一年，奇冷。他抱着我，还用棉大衣裹住我，我想舅妈缝制棉大衣时也把我考虑进去了。我的手在他的手里跳动。

我不能生硬地抽出我的手，任凭他紧紧地握着，握出了湿汗。看样子，他没打算往家走。我乖乖地随他走出了村庄。我想，一定是发生了什么事儿。

村庄里的姑娘、小伙儿，都先后进了艾城。剩下我的父辈，放任着衰老。按舅舅的话说：本来，还有你们这样的年轻人拽着，我们就老得慢。

绕过一棵树时，我紧走几步，因为路只容一个人过，我趁机抽出我的手。我已不习惯被那么握着。不过，我立刻感到一种节奏的消失，像鼓点突然停止——舅舅的鼓点。

舅舅走在我的前边。小路两边的草像无数双小手，阻挡着我前行的腿。

我拉住舅舅的手腕，我想重新体验鼓点的节奏。我说：舅，当心。舅舅的脉搏有力，像一个小伙子的。舅舅说：这里憋得慌，有时候，晚上躺下，我担心，早晨我的心还能不能跳动。顿时，我想到，舅舅舅母婚后，一直没生小孩，每次回村，舅舅总是拿着鼓，像早已准备好欢迎我一样，他一敲，小孩就从房子里或小巷里冒出来。那时，要找舅舅，只要听鼓声，鼓声在哪里，舅舅就在哪里。我说：那个鼓呢？

他说：你舅妈把鼓面割破了。

我说：为什么？

他说：你舅妈说……鼓能当饭吃？越敲越穷……鼓槌丢进了灶……你舅妈心烦。

舅妈一直以为是鼓占据了本该是孩子的家——鼓克孩。

我说：舅妈当年看中你，不就是冲着你击鼓击得漂亮吗？

他说：可能……你舅妈说得有道理。一个男人，不管地里、山里的事儿，鼓声不能鼓舞庄稼生长……有时候，我会悄悄敲盆子、拍凳子，但不能叫你舅妈发现。我真的很没出息吧？

我说：舅，我是听你的鼓声长大的呢。

他说：可是，我老了，你们那些年轻人一走，我就老得快起来；我想，敲敲鼓，那样就不会老得那么快。可你舅妈听了好心烦。

舅舅拉住我的手，似乎生怕我离开他。树呀、草呀逐渐茂密起来。我的手在他的手里。我感受着他“咚咚”跳动的脉搏，好像舅舅正敲着一面鼓。

他说：散伙了！我们几个老头儿，总不能奏给自己听吧？没了我的鼓，他们的锣呀、二胡呀，都不出现了，等着老到头吧。你都长这么大了，我还能不老？

我说：舅，要不，你住到我那儿去，艾城广场也有自发的乐队。

他说：我在山窝窝里待惯了，没有鼓，我拿什么凑热闹？

我说：舅，你心里的那面鼓还是很有劲、很响亮呢。

他说：你能听见？

我反过来握住他的手，说：你的手透露了秘密。

舅舅停住脚。眼前是一片坟墓。

不是清明，外公外婆的双穴坟前有烧过的冥纸，还没被风吹乱。旁边，有一个新坟，很小的一个土包，没有墓碑。

我说：这是谁家的小孩死了？舅舅说：我的鼓。

鼓坟前有一株大拇指粗的幼树，几片叶子，绿亮绿亮的，像小手在鼓掌。

舅舅说：当年，你外公就靠着一面鼓，讨个生活，落户在这个村庄。现在，这面鼓，死了。它比你外公的年岁还大，可它还是个长不大的小孩。

我想说，不要怪舅妈。不过，我默默立在鼓坟前，什么也没说。

舅舅对着鼓坟，拍拍自己的心口，像敲鼓那样。他说：我没能护住你，让你死在我前头。他又对相邻的外公的坟头说：爹，儿不孝，没能保住你留给我的鼓，那声音，人家都不爱听了，嫌它太吵，小孩能不吵吗？我小时候够吵的了，你没嫌过我。

我提醒舅舅，该回家了。太阳即将落山。四下里又凉又暗。

妈妈打电话的地方

座椅的靠背震动，嘈杂的声音冲击，来自我后排的小男孩。只听小男孩反复说：我要看妈妈打电话的地方。

我参加了一个小说颁奖典礼，结束后，乘高铁返艾城。这个小男孩跟着妈妈一起上了列车。隔着椅背，我获知，小男孩的妈妈在艾城打工，小男孩由爷爷奶奶带。小男孩的妈妈给村庄的那个家接了座机。几乎每天都和小男孩通个电话——小男孩听见妈妈的声音就会安静下来，就会老实睡觉。趁着小男孩入学前，妈妈满足他的愿望：看一看妈妈打电话的地方。

高速而平稳的列车，已经驰行了六个小时。我佩服小男孩，他似乎不嫌累，一上火车，就没安分过。起先，他在车厢的走道上顺着列车前进的方向奔跑，仿佛以为列车的高速加上男孩的奔跑就是加速——向妈妈打电话的地方前进。

小男孩不坐座位。妈妈抱着他，却哄不住，他时不时地张望窗外，似乎生怕错过妈妈打电话的地方，还叮问为啥还不到。妈妈不时解释，还有两个钟头，还有一个半钟头。现在还有一个钟头。小男孩顺着列车前进的方向奔跑，仿佛凭借列车行进的速度加上他奔跑的速度，就能突破时间的限制。车厢的走道简直像百米跑道，他频繁地冲刺着。

小男孩不知积蓄了多少日子的力气，现在超常发挥着。疲倦向我袭来，我闭目养神，期望能打个盹。可是，后脑靠背的震动，耳朵接收的声波……我真想起身提醒小男孩的妈妈，管一管爱动的孩子。

小男孩由跑转为闹了，闹着要看妈妈打电话的地方。我听出小男孩的本意，是要坐靠窗的座位。那个中年妇女让了座。

小男孩的妈妈说：这下该老实了吧，只能看不能动，这个车厢里，你最爱动。

换了座位，妈妈抱着小男孩，说：你谢谢阿姨。

小男孩说：谢谢阿姨。

大概那个妇女被闹得烦了，没回应。

小男孩提高声音：谢谢阿姨。

妈妈说：阿姨听见你的感谢了。

小男孩说：没听见，听见了咋不回话？

中年妇女说：我听到了。

小男孩一脸的不满意。

妈妈做出接听手机的姿势，说：麻烦做个这样的手势，再说听到了。

中年妇女真的掏出手机，贴近耳朵，说：听到了，不用谢。

小男孩夺过妈妈的手机，说：漫游。

妈妈堆起一脸笑，说：麻烦你，拨通电话。

中年妇女拨了报出的号码（她嘀咕：再宠下去，还不闹翻天了），小男孩拿着的手机响了。

小男孩宣布规则：我先说，你再说。然后，小男孩说：谢谢阿姨。中年妇女说：不用谢。

之间仅隔一个座位，可是，两个女人的手机，来自两座不同的城市：漫游。那个中年妇女要乘到终点站。我发现，小男孩接听手机的时候，面朝窗玻璃，背对中年妇女。

显然是创造一种情境：母子俩通电话的时候，双方看不到人，只能听见声。

这片座位的旅客都沉默了。小男孩的这个举动，本该引起轰动，毕竟是一本正经的可爱，还带着表演的成分。

窗外，绿色的庄稼树木，像一条宽阔而又模糊的绿色飘带。小男孩跪在妈妈的膝盖上，脸贴着玻璃，问：妈妈，哪里是你打电话的地方？

妈妈说：有高楼大厦的地方。

我的睡意全无，同时，也担心一不留神乘过了站，因为只停两分钟。我想象：要是把我的手机交给小男孩，母子俩通个电话，这么近，只当远，小男孩就能看见妈妈打电话的地方了。

渐渐地，楼宇替代了田野。车厢里传出播音声：艾城北站到了，停车时间较短，请各位旅客提前准备下车，艾城北站到了。

我取下行李架上的旅行包。

小男孩惊喜地喊：妈妈打电话的地方到了。

小男孩的妈妈也在取行李——拉杆箱，说：到了，爸爸来接我们呢。

小男孩说：妈妈，我来拉箱子。

她牵着小男孩的手，说：箱子拉你，还是你拉箱子？你就乖乖地拉着妈妈的手，别乱走。

劳务费

事后，我知道了儿子的秘密。儿子声称那是“互访”。他和班级新来的一个同学约定，一天到那个同学家“访问”，另一天到我家“访问”。所谓“访问”，就是放开来尽情玩耍。还套用战国时代，取双方父亲的姓，我家是秦国，儿子的同学家是齐国。

那天晚饭时候，儿子还没回来。我猜儿子是不是惹了祸，被老师留堂，或者，玩耍过头把时间玩忘了？我和丈夫习惯晚上10点就寝，毕竟单位的事情忙。迟迟听不见儿子的脚步声。可能出事了？车祸？我容易往坏处想。

过了一刻钟，门开了，估计儿子以为我们入睡了，我竟没听见他的脚步声。我和丈夫坐在客厅，突然开灯。儿子一愣，仿佛中了埋伏。

儿子说：我去同学家“访问”了。

随即，电话响了。我接听。是儿子同学的家长打来的。对方说要我儿子去收拾“烂摊子”，现在家里乱七八糟。我边听边看着儿子。儿子和同学肯定是选择了父母有什么应酬，或是加班的“空当”，放肆地玩，把家翻了个底朝天。

对方都这么说了。我还能怎么说，只有替儿子道歉，不断地说：对不起，对不起。

我丈夫用眼盯住儿子，眼神像是固定在了儿子身上。

对方终于提出要求：让你儿子明天来收拾“烂摊子”。还邀请我去现场参观，他保护着“现场”。

我丈夫走近在门后立着的儿子说：自己拉了屎，自己去擦屁股。

我怎么好意思登门道歉？可以想象小孩难得遇上了大人不在场，想怎样就怎样的放肆机会，那个家的样子可想而知了。我请对方请个钟点工整理，并表示，我们愿意支付劳务费。

我丈夫说：都是你宠爱的结果，老虎不在家，猴子称大王。

放下听筒，我立即给儿子布置了几项“家务”。以前儿子做家务，我支付劳务费。他平时的早点费、零花钱，都是从我这儿挣劳务费获得的。这回我说：作为惩罚，只干活，不给钱了。

儿子嘀咕：白干活？同学的家，我的家，桥归桥，路归路，两码事，我抗议。

我说：抗议无效。

我丈夫说：怎么回事？这么晚了还争论什么？

儿子对我悄声说：我要争取自己的合法权益。

我说：从哪里听来的这些词语？睡觉，明天还要早起上学。

临睡，我对丈夫说：今后，儿子在场，说话要小心。

第二天，我下班回来，儿子正和一个年龄相仿的同学坐在客厅里看动画片。

儿子向我介绍，说：这就是班里新来的同学，妈，今天他来我家“访问”，这叫“互访”，我们要好好接待来访的客人。

我没说怎么预先不打声招呼就秘密“来访”，我得给儿子面子，表现出热情。我对儿子的同学说：你俩先看电视，我去趟菜场。

我大包小包地拎着回来。

儿子来厨房，说：妈妈，这样，我同学的爸爸也不能再说什么，不能再提什么要求了。

我说：这就是你说的“互访”？相互捣乱。

儿子说：我为了不让同学为难……挨打，让同学对他爸爸说我是主谋，现在，你也可以打电话给我同学的家长，请他爸爸来现场……那么，就可以不生气了，消气。

凭我家的样子，可以想象出儿子同学家的样子。我套用媒体的话，说：“友好访问”，是增进对方友谊，促进共同发展，哪能这样“访问”呢？

儿子指指座机，说：妈妈，你打个电话嘛，通报情况。

我说：你这个小脑袋里，是不是装着个魔鬼？

我丈夫出差了。他俩又坐在沙发上看动画片，似乎讨论着动画与现实的关系，“现场”保持着混乱。他俩在乱中取静。

一个一个菜端上桌。儿子的眼神显示出对我的感谢——我非但没当着他同学的面发火，反而盛情接待，似乎认可了现状。

儿子时不时地看座机，似乎在等电话，又瞅瞅我，仿佛在催我打电话。儿子完全像个东道主，不断推介我做的菜——比他同学家的菜味道好、花样多。

在友好的气氛中进行了“晚宴”。我提出一个建议：一起整理，恢复原貌。

儿子的同学立刻响应。他的同学摆东西时，还问原来所在的位置。破得来劲，立得费劲，我担任了指导。

恢复原来的样子后，儿子遗憾地说：要是你爸爸能来现场看一看就好了。

儿子的同学说：阿姨，昨天，不等钟点工上门，我起了个早，也把家恢复成了原样。

我分别给儿子和他的同学支付了劳务费。儿子的同学不肯接受。儿子说：挣钱不容易，收着吧。

据说，儿子的同学将劳务费交给了她的妈妈。儿子似乎发现了一个“经济增长点”，对我说：妈妈，我们把家弄乱，再整理好，这样就挣到了劳务费，可是，他爸爸为什么不这样做?

爱丽丝的抗议

这对中年夫妻午后搬入一层的房间，一个行李箱，一个包裹，包裹里都是锅碗瓢盆等简易的日常生活用品。现成的双人床。铺床铺、摆物品，忽然，旋形的楼梯滚下一个毛茸茸的球，一只小狗出现在门口。

他像迎接客人，拍拍手，说：进来吧。

狗冲着他俩狂吠。

他做出一个表示亲近的姿势，说：这么凶，就不可爱了。

楼梯先是出现移动的腿，接着，一个身体降下来。那个男人指了指楼上，说：我租了二楼的房间，爱丽丝欢迎你们呢。

爱丽丝停止了叫，摇动着尾巴。

二楼的房客说：爱丽丝，你发现了个好人家。

他问：谁的狗？

二楼房客说：我住进来之前，爱丽丝就已在这儿了，你别叫它狗，不然它要生气。

他说：我在老家时就养了一条杂毛狗，爱丽丝是外国品种吧？

二楼房客把“狗”字轻轻带过，这样说：我没跟狗打过交道，叫爱丽丝，当然是洋玩意儿了，现在许多商店、商品也兴洋名字嘛。

凭过去的经验，他看出狗饿了。他喜欢吃荷包蛋，就说：爱丽丝饿了吧？

爱丽丝摇摇尾巴，像举着手挥动手帕。

妻子打开煤气灶，煎了两个荷包蛋。蛋打进油锅那一瞬间，骤响，爱丽丝后退一步，吠了一声，像是对这种响声表示陌生。

他把盘子放在地板上，鼓励道：不烫了，好吃。

爱丽丝蹲在离盘子一步远的地方，似乎还在客气。

他说：特意招待你的呀，要不，我吃给你看？

爱丽丝的眼珠在转动，注视着筷子夹着荷包蛋从碟子上升到他的嘴里。

他还做出“味道好极了”的表情，说：我也都舍不得吃呢。

爱丽丝朝着盘子狂吠。

二楼房客又一次赶下来，说：爱丽丝对荷包蛋没兴趣。

他问：那吃啥？我看出这……爱丽丝饿了。

二楼房客说：吃牛排，我们招待不起爱丽丝，我们自己吃牛排也要掂量掂量收入情况呢。

他问：房东怎么不把爱丽丝带走？

二楼房客说：带走了也养不好，爱丽丝不肯离开这套别墅，我试过，蒙住眼，运到郊区，爱丽丝又回来了。

他说：爱丽丝蛮重感情的嘛。

爱丽丝再次冲着地板上的盘子狂吠。

二楼房客说：你要把盘子摆到餐桌上。

他把盘子端上餐桌，吠声戛然而止。他说：爱丽丝蛮讲究的嘛。

二楼房客笑了，说：是你礼数不到位，众生平等嘛，爱丽丝在争取狗权，食物放在地上，等于贬低了它。

小小的庆祝晚餐，妻子去菜场购了一斤牛肉，烧了一块牛排，其余加调料水煮，切片。果然，爱丽丝跳上椅子，前爪像手一样扶着盘子。这时他说：小时候吃饭，爹娘也要我捧着饭碗。爱丽丝吃掉牛排，舔净盘子，看看他俩，摇摇尾巴，仿佛在说，我吃好了，你们慢慢吃。

他不习惯别人关注他吃饭，他感觉到爱丽丝的目光，随即，他分辨出狗眼盯的是他的水杯。他起身去自来水龙头接了一碗水，摆到爱丽丝面前。

爱丽丝在碗边嗅了嗅，突然狂吠起来。

妻子吓得手中的筷子都掉了，还直咳嗽，食物呛了喉咙。

他拿起杯子，像做示范，说：你不是要喝水吗？

椅子上的爱丽丝一耸一耸，扒着桌沿的双爪，像要推翻圆桌，加剧地狂吠。

一阵楼梯脚步声。二楼房客来了，说：晚饭时间，我听出爱丽丝的抗议，碗里是不是自来水？

他疑惑，点点头。

二楼房客说：爱丽丝要喝开水，温开水，凉到不烫嘴，但不能凉。

他说：这不是公主范儿吗？

二楼房客说：我也是在爱丽丝的叫声中渐渐悟出的门道……可是，我在建筑工地干活，每天都累坏了，哪有时间侍候……好了，爱丽丝认上你俩了……你俩就把爱丽丝当女儿宠吧，女孩爱撒娇。

他说：穷讲究，我俩刚到艾城，还没找到合适的工作呢。

二楼房客说：我看你俩心眼好，有些事，慢慢来吧，楼上还有空房间，爱丽丝会投向新房客的怀抱，现在嘛，你不能驱赶，你赶爱丽丝，它整个晚上会叫得你们不得安宁。

他悄悄地说：爱丽丝报复心有那么重？

二楼房客说：不信，你就试一试，我领教过了，另外，我提醒一下，爱丽丝每天还要洗个澡，别忘了。

妻子睡眠不好，她想到婚后这么久没怀上孩子，似乎爱丽丝是引弟，农村妇女怀不上孩子，会领养或借个孩子一起睡，那个孩子（通常是男孩）被称为引弟，抱着引弟睡，就可能怀上孩子。

他说：这狗，比人还讲究卫生？

爱丽丝分明对“狗”这个词忌讳、抵触，又一次狂吠。

妻子用手指竖在嘴上，说：爱丽丝抗议了，我们就把爱丽丝当个孩子吧。

浴缸注入温水。夫妻俩联手给爱丽丝洗澡。

爱丽丝突然狂吠。

他说：不烫呀。

妻子说：这脾气，说变就变。

楼梯传来紧凑的脚步声，二楼房客说：一听抗议，我知道，我忘了交代，爱丽丝洗澡要用沐浴露，喏，这是在我那里剩下的半瓶。

他说：我在老家农村，最好的也就是用香皂，爱丽丝档次那么高？

二楼房客说：我也是慢慢体会出爱丽丝的生活习惯，爱丽丝的主人长期娇惯出了这种习惯。

他说：这狗主人是谁？

爱丽丝又狂吠开了，带动一浴缸水花飞溅。

妻子说：抗议了，你要养成习惯叫它爱丽丝。

二楼房客会意一笑，说：这套别墅的主人破产了，本来生意也做得不错，赌博赌的，抵给现在的房主，据来收房租的人说，原先的房主远走高飞了，还留下一屁股债，连爱丽丝也没带走，可能生怕亏待了爱丽丝吧？

爱丽丝的身上冒起香香的泡沫，一副享受的样子，那眼睛，天真又可爱。

二楼房客说：下一次来收房租，我会提醒现在的房主，给你们爱丽丝生活补贴。

他说：狗也有生活补贴？

爱丽丝狂吠。

妻子说：又说漏嘴了。

二楼房客抚抚爱丽丝，说：啥都懂，就差不会说人话，生活补贴，也是羊毛出在羊身上，在房租中减免，这是新房主给旧房主留的情分。

向日葵

这个留着浓密花白、齐耳短发的妇女，一坐下来，就整理两个偌大的红色塑料袋。我以为她退休前是档案管理员。

她的座位在 B 座。鼓鼓囊囊的两个红色塑料袋，放在脚前，她缩着腿。和谐号动车组启动时，她就开始整理袋中的东西。我估计她临行前有些仓促，只是把携带的东西随手装入袋中。

她把这个袋的东西拿到那个袋，不停地来回倒腾。她的手仿佛长了眼，能在袋中拥拥挤挤的东西里，取出一样，玩具归玩具，水果归水果，衣物归衣物，食品归食品，似乎这些东西届时要接受检阅或验收。

两个红色塑料袋经过半个多小时的整理，还是不多不少，不增不减，袋子那么饱满。A 座的我，不得不把腿往窗边让一让。我指着头顶的行李架，说：放到上边去，这样坐着就会舒服。

她笑一笑，却不动，仿佛那是两个孩子。她把两个袋贴紧了，又解开袋口，似乎检查哪个归类还不够仔细。然后，给拎环打上结。她那样子，好似一下闲下来了，琢磨接下来还可以干什么，或者观察哪里还没安排到位，但暂时还没发现有什么值得动手的东西。

显然，这是一个忙碌惯了、如果空闲了就难以忍受的妇女。

这空当儿，手机铃响了。她的手积极响应，实在有点捉迷藏的样子，而她是寻找的一方。她摸一摸这个袋，又掏一掏那个袋。她在整理红色塑料袋时，手机可能潜入了袋的深处。她的手似乎有听觉，深入袋中，摸出了持续响着的手机。

她接听，就像获得指示一样，竟然带点女孩表情，一脸的天真和向往。听得出，通话另一端是男孩。我却听不懂她的方言。那是我此次参加中国微小说校园行的那座举办城市的方言，而且是浓郁的城郊乡村方言（城与乡的方言有差别）。

但是，我还是大概听出了一点眉目：那个男孩是她的孙子，半年前被打工的父母接到艾城，她一手带大了孙子，孙子喜欢村庄的土地生长出的物产，她诉说着屋后一片向日葵的生长情况，说都朝着男孩离开村庄时的小路望呢。

通话持续了一刻钟。她还拍拍两个红色塑料袋，似乎她要带领农村的孩子去和城市的孩子相聚呢。

我忽然想起她的手机铃声，分明是公鸡啼鸣的声音。难道她把村庄里的公鸡啼鸣录下来作为手机铃声？

我觉得，她的头发，像一个姑娘戴着假发，她在装扮老太婆，因为，她的笑容，是姑娘的笑容。这一下，她似乎接到了命令，可以行动了。她取出装在红色塑料袋中的一个白色小塑料袋，袋中装着颗粒饱满的葵花子。黑白相间的条纹，瓜子足有食指的指甲盖那么大。

她把瓜子嗑出脆生生的响。她放下桌板，变魔术般地拿出两个小纸盒。仁归仁，壳归壳，分别放在两个纸盒内。她竟然只嗑不吃。

列车平稳而又迅疾地行驰。我闭目养神，聆听着有节奏的脆响，像是一串鞭炮被点燃了，不断地响。准确，干脆，熟练。我佩服她的牙齿。动车停了好几站，我睁开眼，两个纸盒都满了。我以为她会把盛壳的盒子交给来收集垃圾的列车员。可是，她把两个纸盒子都合上。瓜子已嗑完了。

大概我的目光透出了好奇。她说：这个盒子，装着葵花子的衣服。

我笑了。她是要把仁和壳向孙子展示，说明葵花子是她亲手种（产地）、亲自嗑（加工）的。

终于完成了嗑瓜子的重要任务，她显出疲倦。她的椅背保持着垂直，看看我放下的椅背，她疑惑地在寻找调整座椅角度的按钮。

我在她那边的扶手顶端扳了一下，椅背立即往后倾斜。

她摁了一下，椅背恢复垂直，她又揿了一下，椅背迅速倾斜。她笑了，掌握了其中的奥秘那样笑。她说：这个椅子蛮听话。然后，靠着椅背，合上了眼。

我喜欢香脆的瓜子，但因为牙口不好，已经不敢再嗑了。我听她嗑瓜子的声音，就替她的牙齿担心。不过，她嗑得那么顺利、那么快乐。我闭上眼，脑海立刻浮现出一大片花田——金色的向日葵。好像高速行驶的列车两边，都是连片的向日葵。

我吓了一跳。雄鸡又啼叫了。她反应灵敏——手机一直握在手上，随即传出男孩的声音。

插销

终于，我又听见插销的金属声。那个老太婆又来了。我坐着没动，而是摇着头笑了。我觉得这件事儿——持续已久的事儿，怪有趣的，像个灵感。我得把它记下来。

其实，起初我非常恼火。一年前，我进入别墅写作，是以我的姓名命名的工作室。别墅在住宅小区里，住宅小区的楼房已有三十多年的历史。这幢近四百平方米的两层的别墅，没有门牌号码，要以邻近的住宅为参照，内外都是新装修的，院子里可泊小轿车，一侧有长着柚子树的绿地。我在一楼的那一间，打开窗子能看见三米外的大运河。每天，不知经过多少货船。向西的船，水吃近船帮上端，向东的船，船帮出离水面有两米多。

我关闭窗户，拉严窗帘，之后关起门，开着灯，创造出白天是夜晚的气氛。这样，我虚构的人物就会放松地出现。我关上总门，以及院子的铁栅门。

记得刚进来时，有装修后的气味，我打开别墅门，即两扇防盗门，通风。有一天，我听见客厅有响动，只见一个老人像小孩一样东张西望。

我还没完全脱离小说，我以为是小说里的人物找上门来了，那也得有个先来后到吧？我问：你找谁？有什么事吗？

她说：我看了一看，这地方不错，老年活动室？

我要寂静，他要热闹。我不说话。似乎她遗憾，这么大的空间，却闲置着。不久，又有几位妇女（显然已退休）议论、评价着这别墅，似乎“梦里寻她千百度”。我不说话，等待着。小说里的人物还等着我呢。

有时，我会吓一跳，因为我听见响动就拿着笔走出门。看看谁、什么时候进来了。

那以后，我就关上了别墅的总门（由两扇构成），而且，反扣着保险。这样就没有人擅自进入了。

别墅内部，有八扇门，除了总门和楼上楼下各一个卫生间的门，其余的就是房间的门。我很少去开其他房间的门，房间都空着，除了一楼临河的这间。有时，妻子打电话：饭菜都凉了。我拉开窗帘，河面反射着灯光。我说：写小说忘了时间。

关灯，锁门。院子的铁栅门，里边的插销已打开，外边的插销却插上了。

一定是热心的小区居民在义务关心这幢别墅。

早晨把外边的插销抽开，然后，把里边的插销插上。这表明，我在里边——别墅里有人。傍晚，我则相反。插上外边的插销，意味着别墅里没人。我也懒得锁铁栅门，雨水多，锁会锈，而且别墅主体的总门——防盗门锁了。

别墅里有没有人，插销是个标志。我的朋友来访，就是以插销来判断的。别墅，说小些，是那个小房间，是产生小说的地方，小说里的人物很脆弱，虚构的人物一见现实的人物就会消失。好像我是守护者——创造条件，让他们冒出来。

我只是午饭出去吃。什么时候什么人抽开了里边的插销，插上了外边的插销，认为我已不在这住，我竟然毫无察觉。

随后一连数日，我离开别墅，不得不先拉开里边的插销，再把手伸出铁栅，从外边把插销抽开。望着邻近楼房的阳台、窗户，总觉得窗户背后有人观察着我，在笑，如同孩子般的恶作剧。应该不是小孩，小孩够不着插销。那大概就是老人了。

我警觉起来。一个人独享这么大一幢别墅，而且，小区没有可供老人聚集的场所，别墅自然成了让人嫉妒或羡慕的地方。

我对时间的概念已模糊。我听见插销的金属响声，立刻赶出去，一个人影消失在对面楼房的拐角处。我追出铁栅门，楼房前边没人——溜得真快，像捉迷藏。

我觉得自己像猫等鼠。

一分心，小说的人物就不爽气了，迟迟疑疑，一副丑媳妇怕见公婆的姿态，千呼万唤不出来。

一听得金属的响动，我冲出去，只见一个老太婆的身影，矮胖矮胖的，几乎要在拐弯处消失。她一头白发，头发在脑后来了“一纠”，挎了个小包，像要出门远行。我追过去，她仿佛融化在楼前的绿地里一样。绿地里，鸟在叫，似乎在对我说：没人，没人。

是错觉，还是幻觉。

声音和行踪都没有。

之后，我听见插销的声音便迅速出去，她似乎拿准了我的反应时间。我弄不懂的是，我明明看见她沉着的步子，不紧不慢，可她的身体却离开得那么迅速，好像腾云驾雾一般。

我恼火了。每一次都如此。仿佛前边的那幢楼是神话（童话）的空间，她一旦拐进去，就无影无踪。树上的鸟叫，像在欢迎，又似嘲笑。

每当我听见两个紧凑的声音：外边的插销被插上，里边的插销被抽开，我的眼前就浮现出如雪的白发、沉着的步子、老旧的挎包。她似乎不断地把我反锁在门里，不让我出去顽皮、惹祸。渐渐地，我仿佛在时间的隧道里往回走——变小，甚至小男孩也闯入了我的小说。白天开着灯。儿时，我喜欢神秘的夜晚。

我没能见到那个老太婆的脸。我已赋予她的脸若干我熟悉的相貌，比如外婆，比如母亲。我不再恼火。仿佛一场游戏开始进行。所以，今天，我又听见插销的金属声，我用文字固定住了记忆。

院子里异常寂静，柚子树上的鸟叫声反而加强了寂静，似乎是另一个时间线——童话的世界即将开启。我的肚子饿了，那是时间流逝的标志。太阳当头照。寂静中隐藏着奇迹，现实的花园里能够开出幻想的玫瑰。

我的手穿过铁栅，拽开外边的插销。我出去，再伸手，穿过铁栅，插上里边的插销——那是有人在的标志。我在前边楼房的拐角处，好奇地回头，望了望铁栏栅门——外边的插销没插上。我笑了。茂密的枝叶光亮耀眼，里边传出鸟叫。我忽然想，也许那个老太婆栖在树上吧。

补述：我写小说喜欢“冷处理”——放一段时间（最多的放三年），似乎等待人物有新的行动。一个星期，一个月，现在，已过了半年，铁栏栅门不再传来响声，游戏结束了，我反而有点失落。

看见

她揭掉月牙形的桶盖，倒泡脚水，桶盖里朝上，像烫手一样，她差一点失手。桶盖里有一只大大的眼睛。眼睛如一片树叶，双眼皮，黑眼珠，微笑地看着她。她本能地要取内衣遮挡上身。

她笑了。那是一个树疤。只不过像是用画笔在拼得严丝合缝的盖板上描绘的一样。她选来选去，竟然没发现泡脚桶盖上的这个烧焦似的疤。她不禁生出歉意，有愧他对她的信任。一定是树在生长的过程中遭到了伤害。发乌的疤更像长着浓密的黑睫毛的眼睛，没有邪念，只有好奇。

香柏木泡脚桶的清漆，本色地保留着树木剖面的年轮，像丢进一粒小石子的池塘，漾开凝固而又自然的涟漪。而树疤，如同清澈的水里一只孩子般的眼睛。

一个星期前，她在家政中心，排除了老人、病人，确定了护理他——盲人，比她大五岁，一个人住一套住宅，七十多平方米。要求很简单，做一顿晚餐，洗换下的衣物，傍晚陪散步，而且，她有单独的房间，可以节约开支。因为他是盲人，打消了她的顾忌，他泡脚，她同时淋浴。

她发现他的干脚，朽木一般，干裂、起皮，就建议他泡脚，而且，她选购了香柏木桶，还放入养生的中药。泡过的脚，红润得如同羞涩的脸。她的脸不再发热。她试过，他的眼睛、表情，像桶盖，毫无反应。

一连三天，倒泡脚水时，她反转桶盖，她看到那个木疤的颜色渐渐淡了。终于有一天，如伤口复原般，木疤消失了，像水中的月亮到了日出的时候。

她第一次听见他的笑声，那是憋不住的笑。失明的黑眼珠似乎动了。她的双乳和他的双眼在同一个水平线上。她的手本是遮，却改变了姿势，在他眼前晃一晃，一种“拜拜”的动作，她说：看得见我的手吗？

他摇头，眨眼。

她说：你笑什么？

他的脸红了。

她要端木桶双耳的瞬间，忽然看见水中的那一只眼，似乎木疤彻底脱离了桶盖，沉入水中。睁得大大的眼，像是笑眼。她放下木桶，取来毛巾（以往都由他自己擦干），说：抬脚。

脚在水里，像人憋久了气那样，脱离桶中的水。

她几乎要叫出来，他脚背上有一只眼睛，像安上去的一样，却是活灵灵的眼。

本来，他泡脚，她淋浴，她无所顾忌。现在，他的笑，是看见她的裸体的反应？她用手抚摸了一下他脚上的眼，如同小时候，妈妈说闭上眼，睡觉，做个好梦。不过，脚上的眼很顽皮，似乎合了一下，又调皮地睁开。

她陪他散步，总是等到夜色渐浓的时候，省得引得住宅小区的无数双眼关注，前后楼层的窗户，像一片眼睛。她说：一天最后一个节目，散步。

她和他在河边的步道上散步。他说：河里的鱼跳出来了。

她说：你能看见？

他说：小时候能看见，后来失明了，可能要下雨，天气有点闷。

她说：你钓过鱼吗？

他说：小时候，常在河边看大人垂钓。

她瞧瞧他的盲眼，接着，她看看他的脚，整只脚都裹在穿着鞋带的跑鞋里。她说：人钓鱼，鱼在水底，怎么看人？

他笑了，说：鱼在水里能看见钓鱼的人，小时候我从鱼的角度，想象自己是一条鱼，观望岸边的人，故意逗水中的鱼饵，让人的钩钩落空，不让人钓起……我喜欢那么想。

她想到泡脚木桶里他的左脚背上的那只眼。她说：你谈过女朋友吗？

他说：今晚的月亮一定很明亮。

她说：是一个弯月。

他说：像木桶盖。

她沉默，那桶盖上的眼看见了她。要是解开鞋带，那只眼望见月亮、星星，他会有什么反应呢？

起风了。

她第一次给他摊开被子。没开灯。她想象他一直不开灯摊开或叠被子的情景。好像手上长了眼一样。她将被子盖住他的脚。她说：我来艾城打工已经有一年了，我觉得这座城市适合我。

他说：就像穿鞋，脚知道合不合适，合适了就喜欢穿，我感谢你给我带来了希望，泡脚效果明显，我的脚不裂口、不起皮了，你在老家也泡脚吗？

她说：我是汗脚。

他说：汗脚好，湿润。

她说：可是……容易臭。

他说：没闻到臭呀，我这干脚，像干旱的土地。

她突然说：我们那个村里有个习俗，女人的身体要是被男人看见了，就是那个男人的女人了，我娘就是被我爹看来的呢，泡脚的时候，我看见你笑了。

他从被子里伸出脚，高高地抬起，说：就跟河里的鱼看岸上的人，起初，我还以为我恢复了视力……是它看见了。他揿亮床头灯（以往，它仅是摆设），然后，将脚背朝她，仿佛一卧一立的两人之间插进了淘气的小男孩——脚背的那一只眼还分别朝他俩眨一眨眼。他说：感谢你选来一个长眼的木桶，其实我看见了。

对虾

我们以为饭店的总经理亲自出面给我们端盘子，是出于对戏剧大师的敬意。因为，我们都是专门研究戏剧表演艺术的所谓学者（说我们靠戏剧大师吃饭也不为过）。

面部和善、表情从容的总经理，举手投足间颇似刚卸了妆的演员，想必他也是戏剧表演大师的“铁粉”吧？他从服务生的托盘中取下一个一个小瓷盘，一一放在我们面前。

我从来不想代表谁，不过作为同行，我发现大家都有一种沾了大师之光的感觉，向大师致敬，也向研究大师的人表示敬意。我们都很受用：此生值了。

我以为盘中是鹅掌，因为薄薄地覆盖着的汤汁给我造成这种印象：这是鹅掌的烧法。总经理及时提示：这是对虾。

我的家乡，对虾均为白灼。就是清水煮对虾，至多放些许姜丝，保持对虾的本色和鲜味。这个由戏剧表演大师亲笔题款的饭店，浓汁中饱含的调料已抵消了对虾的鲜味。

随后，我就不能用“我们”了，因为大家的表现各异。我想要率先品尝这种烹饪方式的对虾。我用筷子拨开透明的虾壳，里边的肉身，仿佛正在解体，像用久的棉絮，或似豆酥糖。我撮了一段，吃不出对虾的味道。

一直陪在总经理身旁的召集人也是东道主，看见总经理携服务生退出包厢并随手关门，召集人说：不要吃。

我试图证实什么，说：是不要吃还是不能吃。

他说：不能吃，我要保证这两天大师表演艺术研讨会的正常进行。

我追问：为什么不能吃？不能吃为什么要上，上了不吃不就浪费了？

他给我递上一支香烟，并给我点燃了香烟。说：浪费了就浪费了。

我指指墙壁上的标牌：禁止吸烟。我觉得在这种场合吸烟，是对大师不敬，因为墙壁有大师半个世纪前写的一首诗，大师的书法、诗词都那么好。

他指指关着的门，说：这叫有得有失，失了对虾，得了香烟……吸烟的待遇。

我发现我们一桌子的一圈人都叼起了香烟。连不吸烟的老郑都破戒了，不过只是个形式，吸进直接吐出，不在身体内部循环。

我们的包厢属于预订。据说，半个世纪前大师告别舞台时，在此用过餐，还表演了一段。所以，我们都感到荣幸，但已物是人非。像解禁了一样，召集人一圈一圈散烟，点火。我说：烟吸多了也要醉。

整个包厢，烟雾弥漫。我有点云雾里的感觉。召集人要老郑接上一支——以毒攻毒。老郑离席，出门，他受不了了。

每个小盘上的对虾，都原封不动。能见度低了，“禁止吸烟”的标牌也模糊了。

召集人的本事，我早有所闻，他能使不可为变可为（他的嘴上常挂一句口头禅：还有什么走不通的路吗？)。他说：当然要付出一定的代价了，一只对虾 68 元，68 乘 18。

这个包厢摆了两桌，每桌 9 人。召集人知道我们都是“烟民”，他跟总经理磋商时提出允许吸烟。

总经理却说：增加一个菜，每个人来一只对虾。

召集人见过世面，其家乡在海边。总经理陪同他去看实物——冰箱里储藏的对虾。这座城市亲近大海的方式，就是享用大海的物产。似乎吃了对虾，就能感受到大海的博大。

召集人没有点穿对虾储藏过久变质了。他痛快地答应：好吧。

总经理亲自端盘，主要是担心内行的顾客提出质疑，没想到顾客毫无反应。上不上是他的事儿，吃不吃是我们的事儿。

我仿佛醉了，说：不抽了，不抽了，不能再抽了。

召集人让我把烟叼上，又亲自给我点上，说：这可是大师当年即兴表演的地方，你们既搞研究，又写评论，其实都在挖掘意义，没发现这里的意义吧？

我说：谁能来当年大师表演过的那一段呢？

召集人说：我献丑，来一段，以此向大师致敬，但是，各位专家不要去吃面前的对虾。

空谷回音

我有个朋友叫姚太和，是中学时代的同班同学，参加工作后，我俩还来往频繁，参加过对方的婚礼，等到参加对方子女的婚礼时，我们已退休了。他善解人意。我心情不好时，就跟他碰面，然后我就由阴转晴，总能高兴地回家。好像小时候拜年收到邻居的礼物那样。

我这个人有一个特点，能绕开生气。惹不起，还躲不起吗？我也从未见姚太和跟别人生气，似乎谁有气，到他那里就消解掉了。他的善友甚多。

有一次聚会，他说：小时候，我的脾气很糟糕。

我曾陪伴他去他山区的老家住过一个晚上。那是山坳里的一个村庄，现在已开发为旅游避暑的景区——艾城大峡谷。那是姚太和童年的“摇篮”（乍一看，峡谷像个大摇篮）。而我习惯了城市的喧嚣，山村的溪水声反衬出寂静，我失眠了。

童年时候，姚太和三代同堂，而且三代单传。爷爷只有他这么一个孙子，宝贝得不得了。爸爸从未动过他一根指头。这个家爷爷很有权威。爸爸是孝子。要是姚太和做错了什么事，爸爸拉下脸，爷爷会出来制止。姚太和简直就是这个家的中心。宠爱有加，他也以为理所当然。

可是，村庄里的小伙伴却看不起姚太和，在家里是“皇帝”，在小伙伴那儿则是“随从”。他总想当主角，有一次，他违反了游戏规则——还坚持自己的“规则”。孩子王宣布：我们联合起来惩罚他，宣布“开除”他。孩子王说：你用你的那一套，跟爷爷奶奶爸爸妈妈去玩吧。

于是，他走出村庄，像一只追猎物的野兽，一个劲儿地奔跑。他憋着一肚子气，突然看见前边一座峭壁，两边是山岭。峭壁上的瀑布像一条沾了水的白绸带，他能闻到水的气息，感到凉爽、清新。

脚前是一条溪水，清澈的水流动，能看见水底卧着的圆石，大小不等，像一群动物。他咬咬嘴唇，吸了吸气，抬起头，仰望着峭壁，峭壁顶上的树像眉毛，背后衬着蓝蓝的天。

他把手罩在嘴边，像个喇叭，他喊：我恨你！我恨你！

幽深的空谷像是藏着一群小孩，群体反击：我恨你！！我恨你！！

他喊着，空谷回荡着他的声音，似乎他的声音由一群模仿他的小孩喊回来。峡谷里装满了那种声音——都跟他过不去。声音渐渐减弱，然后溪水的流淌声又恢复了。

那一天，姚太和回到家，夜色已降临。小山村弥漫着炊烟。他感到肚子饿了。

妈妈一见他，说：你跑到哪里去了？

爷爷、爸爸还在村庄里寻找他。妈妈隔着院墙对邻居喊：我家太和回来了。

姚太和听见邻居把他妈妈的话像击鼓传花一样传出去，村庄采取这种方式寻找孩子，就是这么一个一个地传话，很快能传遍整个村庄，甚至还动用了广播喇叭——家家户户都安装了扬声器。

妈妈高兴地说：肚子饿了吧？所有的小孩都不知道你跑到哪里去了？怎么没跟他们一起玩？

他委屈地哭出来，说：他们恨我，到处都恨我。

妈妈问明了事情的经过，笑了。

他噘起嘴生气，说：你还站在他们那一边，笑话我？！

妈妈牵起他的小手，说：我陪你去说。

他还以为妈妈要带着他跟小伙伴缓和关系，他可不愿认错。他扒着门，不肯走。

妈妈说：你带我去你去过的地方，妈妈倒要看一看，什么惹你生了一肚子气？

走出村庄，进了山谷。村庄像个梦，笼罩着炊烟，炊烟里闪着点点灯光，如同刚睡醒的小孩的眼睛。

山谷那么幽深、神秘，峭壁像一道随时要倾倒的巨大的影子。溪水潺潺流淌，跳跃的声音在脚前。

妈妈放开他的手，说：太和，现在你朝你喊过的方向喊“我爱你”，听一听有什么反应。

他仰脸看一看妈妈。妈妈微笑了。他双手在嘴上做个喇叭状，冲着装满夜色的神秘山谷，喊：我爱你！

妈妈说：再喊。

他喊了三遍，空谷回荡着那三个字，他说：山沟里装满了我爱你。

一个“恨”，一个“爱”，对着同样的山谷。过后，他知道那是“回音”——空谷回音。他对我说，那天晚上，他好久没睡着，一个村庄传话寻找一个孩子，可是，那个小孩离开了人们居住的范围，是逃避？是发泄？还是寻找？长大后，他偶尔想起童年的那一段经历，就要独自笑一阵。他还告诉我，他的一位很要好的朋友就是当年的孩子王。

我说：现在那个景点有一个项目，恋人到了峡谷，要喊一喊“我爱你”，然后听一听，大峡谷景区那个空谷回音的景点，是不是和你的经历有关？

鸟叫

父亲是公社小学的校长，那里叫他项校长或项老师（因为他还兼语文教学），可是项家村大队的社员称他教书先生。我记事起，父亲的生活很有规律，周六，夜色渐起，他从村西的山岭小道出现，母亲已烧好饭菜，我们四个孩子盼着父亲回家，我站在院门口等，因为我的肚子饿了，父亲不到不能吃晚饭。

父亲肩上一根扁担，两头各挑着一个布包。星期天，吃过晚饭返校，扁担就挑着两个布袋，母亲缝的土布袋，青莲色，扎染的。分别装着米、油、盐，是一个星期的伙食，还有点心：米糕，番薯枣子（番薯干），因为父亲的胃不好，要少吃多餐。还有书、报和衣物。书是教语文的书，报是《人民日报》，带去又带回来。

星期天怎么过，父亲也有惯例，几乎雷打不动。太阳从山岭背后露出了脸，父亲起床。早晨，我们都习惯了轻手轻脚。母亲说：脑筋动了一个礼拜，要睡个好觉，把辛苦睡掉。

我总觉得父亲的脑袋里装了一个学校。

父亲起来，母亲把锅里煨着的早饭端出来，馒头、稀饭、咸菜。吃了早餐，父亲先在院子里、屋背后走一遍，然后操起扫帚，把院内角角落落都扫到，随后，拿上剪枝的剪刀，给院中的橘树、梨树修剪枝条，有时会围着树抬着头，观察好一阵，为了决定剪一根不起眼的枝条。接着，他持着锄头，锄掉屋后墙根的杂草。他叫我跟着，但用不着我动手，我只是把剪或锄掉的枝枝草草当即归拢，他完全沉浸在劳作之中，偶尔向我介绍他的举动，点评一句，像点评范文。

父亲的额头已沁出一层汗珠。太阳已当头。他做这些事情，穿着“工作服”——打着补丁褪了色的草绿色军便装。母亲接过父亲最后一项活儿的工具（锄头），说：水好了。

母亲在屋里忙着家务，仿佛能看见父亲的进度，大木盆里的水，温度适中（根据季节、气候调节水温，倒多少热水，掺多少凉水）。

父亲洗了澡，像进教室上课一样，换上了学校穿的衣裤，是蓝卡其布的中山装，有母亲用熨斗熨过的痕迹。母亲早把一把藤躺椅放到院里的树下，树枝稠密，像一把太阳伞。父亲拿出布袋里的书报，仰面躺着，大多时间看《人民日报》。他不允许挪用，因为还要完整地带回学校。

那时我也学父亲看《人民日报》，偶尔也打扰父亲，问生僻字。记得有一次，父亲让我读报给他听（他胃病发作），我念得磕磕巴巴。父亲批评我。我抬头说：鸟影响了我读报。父亲说：念不好别怪人家。父亲送我一本《新华字典》。他说：不认识，查字典。

直到初三下半学期，父亲仍保持我记忆里十多年的惯例，还是那根扁担，似乎短了一截，其实原先就那么短。公社已改称为乡了，村庄不再叫生产大队了。包产到户，我回村种田。村民说：教书先生那么好的一个脑袋，儿子的脑袋怎么装不进书？书都叫当爹的读走了。

院中的果树，似乎力气不够了，结果少。不过，鸟儿还是常住客，父亲躺在长藤椅上，鸟在枝上叫，像好奇地议论。我在自家的地里干活。不久，父亲进了乡卫生院，接着，转到艾城人民医院，被确诊为胃癌晚期。

父亲去世，学校允许一个子女顶替，我最小，只当了校工。父亲"德高望重"，我转岗，到了乡信用社。信用社每晚有两个员工值班，理所当然有我。夜里空闲，也没电视，单位订了几份报纸，填充着漫长的夜晚。

念书时，只不过像久旱一阵雨，湿了地皮，好多字不认识。我细读《人民日报》，碰上生字，查父亲送我的字典，仿佛父亲陪着我阅报。

我跟父亲一样，养成了读报的习惯。乡里的邮递员送报递信骑摩托车，我能凭着摩托车的声音，判断艾城的邮车何时到达了我们乡。邮递员送邮件，采取先远后近的顺序，远是乡管辖的村，近是乡所在的单位。我直接上邮政所取邮件，次数多了就熟了，可以顺便看一看其他杂志和报纸。

慢慢地，我开始剪报，当然是等到信用社全体员工（五个人）都不看了——过期了，我收集起来。剪贴我喜欢的文章，甚至专题，分类保存。我比别人多识了字，靠的是报纸，主要是《人民日报》。乡里要信用社推荐一个代表发言（或参加演讲比赛），都会点我。讲多了，我的嘴巴也灵活了。

时不时地我会想起，项家村我家的院子，父亲躺着，我坐着，在树荫下，看不见鸟，却能听见鸟叫，那么近。当时，我念《人民日报》的文章，还念得老是卡壳，而且一说话就脸红。村民说我像小姑娘。

我当了乡信用社副主任，已能够不打腹稿，滔滔不绝地讲一通了。我特地在项家村山岭里录了一盘鸟叫，偶然一次，我得到一盘我讲话的录音，我把这两盘录音同时播放，似乎互为背景，我的儿子陪着我笑了。儿子认为我在模仿鸟叫。我发现这么多年，我唯独模仿不出鸟叫。

其实，我还在集报，也想叫儿子阅报，儿子却迷上电视，再后来，是手机游戏和网络。后来，我成了艾城收藏家协会的副会长。有时，我在不同的场合参加会议，想独处，闹中取静，我就会闭目养神，脑中总会浮现出在家乡院中树下的情景，那些会场的声音，会转化为鸟叫。

我也养成了散步的习惯，在树多的地方漫步，时不时驻足，试图透过枝叶观察背后的鸟儿。鸟儿能在喧闹的艾城存在已是稀罕了。我手里拿着当天的报纸，似乎树上传来鸟叫，然后选择鸟叫的树下，坐着阅报，那时，时间似乎不起作用了，我沉浸在报纸里，鸟叫提醒了我时间的进程，该回家吃饭了，好像家里等待着的是童年的我。起身，见四下无人，我模仿鸟叫，树上的鸟似乎点评：不像。

像小孩一样的耳朵

那天早晨，我发现耳朵异常。睡觉时，我习惯把手机放在床头柜上，一来可以查看时间，二来可以随时接听。我清楚这几年电话少了，毕竟赋闲在家了（三年前退休），可是，万一来电话呢？有一天，手机沉默了一整天，到了傍晚，我用座机拨通了手机号码，似乎有了圆满的一天。我也不知道我在期待谁的电话。

起初，我还以为是门铃——门铃早已是聋子的耳朵。我被铃声从梦里牵出来。床头柜上的手机亮了，声音却遥远。我听到熟悉的声音。是老伴。我从一片朦朦胧胧的声音中，隐隐约约听出其中的若干词语：钥匙、门。

妻子将钥匙忘在家里了。她晨练之后，又买了小菜。她说：外边那么大的动静……你倒是能睡。

我侧头，左耳朝着她，又转头，右耳对着她。我分别用两手揉一揉耳朵，可是，只见她说话的口型，却听不清声音。我小时候在河里洗澡，耳朵灌入了水，跟现在听力差不多。我套用“眼不见，心不烦”的俗语，无奈地安慰道：听不见，心不烦。

妻子曾说：你的耳朵像狗一样灵敏。我引以为自豪。一个人衰老，是慢慢地一点一点进行，而且是从局部开始。像一台老机器，一个一个零部件磨损、老化。牙齿、眼睛，落的落，花的花，可是，我的耳朵敏锐，屋里有一只蚊子，我也不得安宁。耳朵影响了我的睡眠，屋里、屋外有什么响动，哪怕我在梦里——我的睡眠浅，我也像响应招呼一样惊醒，去应对夜里的声音，即使卧室里装了很厚的隔音窗帘。

不过，那一天早晨，我睡得很深沉（似乎是回笼觉），以至于妻子何时起床，我毫无察觉。仿佛我又回到童年，是那个贪睡的小男孩。有一次，妈妈叫醒我，说：太阳晒到屁股了，要迟到了。我醒来看见阳光照在窗玻璃上，窗玻璃结满了霜花，像枝繁叶茂的森林。

我自豪，我的耳朵像个小孩，顽皮的小孩，似乎身体其他部分都衰老了，它还保持着小孩的姿态：长不大，不会老。

我先到大运河旁边散散步。妻子说：都什么时间了，人家都上班了。我说：最高境界，是一觉睡到自然醒。

远处的山岭一片朝霞，太阳在山岭的背后。大运河两岸，各种机器已活跃起来，大吊车、推土机、运输车，还有夯桥基的沉闷的锤声，仿佛打开了音响，我的耳朵又恢复了听力。我猜，早晨这段时间，耳朵守护我的睡眠（这一觉，像滋补的药方），关闭了。

念小学一年级时，没蚊帐，妈妈担心影响我第二天上学，就用一个蒲扇给我驱赶蚊子兼驱热，还给我哼童谣（摇呀摇，摇到外婆桥……）。

现在，大运河上正在建一座大桥。天蒙蒙亮，机器的声音就响起，天上、地下都是金属的声音，我所居住的老楼似乎也在震颤。我数日睡不踏实，甚至用药棉塞着耳朵，还是抵御不了惊心动魄的声音。大桥是在赶进度吧。

不过，耳朵几经折磨，终于受不了金属的喧嚣，像受了惊吓一样，听不见，意味着它死了。我的一颗大牙也“死”了，医生没拔除它，说：保留它，让它站好最后一班岗。

那颗死去的牙齿，还跟相邻的活着的牙齿一起，帮助我进食。我常常对着镜子，对它的默默坚守致以感谢。回到家，我捏捏耳轮，说：现在它又恢复了。我说：耳朵可能在照顾我。

妻子说：修大桥声音那么大，我睡不着，你反倒睡得跟死猪一样。

我笑了，说：睡得香你也嫉妒？

到了我这样的年龄，睡眠差应该是正常的事情，可是我特别能睡，就如同贪睡的小孩一样。渐渐地，我对夜里的声音迟钝了，按妻子的说法：在房子里敲锣打鼓你也没反应。我发现，夜里至天亮（以太阳升起之前为界限），我的耳朵隔绝了外界的声音。我知道它在守护我。至少我对妻子说听不见，就有了一个说法：耳朵还在睡呢。我总是把耳朵对着妻子，像接听，又像扩音（话筒、喇叭都失灵）。

又一天，妻子推醒我，她已拿起了床头柜上的手机。我揉揉眼，看见手机屏幕亮了，我设定了一个“日出”的图案，标志着来电，铃声则像池中丢入一个石子一样，如涟漪般一轮一轮。

我接听，声音如磨损的老唱片，我喊：听不清。我换了一只耳朵，还是听不见，对方似乎有什么急事。

我将手机递给妻子。妻子边听边传手机里的话。我还没彻底从梦境中醒来。妻子同步传达手机里的话：你还睡着呀。

我接过手机，喊：我已醒了，对不起，我的耳朵还在睡呢。

妻子说：你喊那么响干啥?

我掀开被子，踏上地板，拉开窗帘，仿佛一场戏拉开幕布。手机贴着耳朵，我只是“嗯”或“哦”，表示我似乎听明白了，其实，我没听清内容。我暂时无法将零碎、跳跃的词语组合起来。我很焦急。我望着楼房之间的空隙，间隙里可以望见运河，运河的远处有山岭，山岭柔和曲线上的天空喷发出阳光。

甚至，我没确定手机那一端是谁?但是印象中，是个小男孩的声音——他在呼唤。我等待着，我知道，我的耳朵即将完成守夜的使命。

妻子贴近我另一只耳朵，问：是谁?没完没了地。

我摆摆手，用手指竖在嘴上。于是，我听见来自大桥工地的机器喧嚣。一刹那，我的耳朵“醒”了。我对着手机喊：喂喂喂。像是失联的呼叫。

萤火虫

发现小男孩不见了，小男孩的姐姐正睡得香呢。妈妈把她推醒，问：你弟弟呢?

我们家的这个院子，本在郊区的村庄里。艾城开发房地产，村庄已成了城中村。院子的附近已立起高高的楼宇。祖辈传下的青砖黑瓦的老宅有一半我租给了民工。这对中年夫妻有两个孩子，女孩七岁，男孩五岁。几乎都是姐姐带着弟弟，抱着抱着，弟弟能走了。会走的小男孩到处走，不嫌累。

两个孩子的父亲是艾城的一个塑料机械厂的工人，不小心机器啃掉了他右手一根食指，厂方赔了他三万元工伤费。于是，他就待在家里，其妻索性也不去饭店洗碗了。夫妻俩来自四川的农村，喜欢搓麻将。约了一位同乡，但三缺一便邀我妻子补缺。不能扫人家的兴，妻子说。

这个老宅院子坐北朝南。背后是一群高楼，像是靠背椅，前边是一条河，河水流淌不息。我们的收入一部分来自固定的房租。我养成了一个习惯，妻子不睡，我也睡不着，妻子打呼噜，我听了如放音乐。

晚饭后，妻子去搓麻将，我靠着床背，先看电视，频繁调换频道，我也不知自己究竟要看什么节目。有睡意了，头一挨枕头，却清醒起来，旁边的枕头空着。我听见隔壁的麻将声，又听见河水流淌声。声音一硬一柔，每一次洗牌，我都认为是最后一圈。我不得不选择看书，竟然看进去了，进入了另一个陌生的世界。

突然，我听见呼唤那个小男孩的是小男孩的妈妈。手机上的时间显示凌晨三点一刻。麻将声中止了，河水声隐去了，呼唤的声音替代了其他的声音，冲破了深夜的寂静。我连忙起床。出事了，半夜三更，像个噩梦。

过后，妻子转述小男孩妈妈的话，一圈结束，那个妈妈去解手，顺便去两个小孩的房间，发现小男孩的小床空着，被窝里凉着。

据姐姐回忆，父母的牌局开始，她领着弟弟到河边——出了院门，几米远就是小河。小河岸边长着野草，野草顶着一朵朵小花。

那个夜晚，月光朦胧。姐姐发现了萤火虫，像童话里无数小孩打着小灯笼走来走去，她去追萤火虫。弟弟可能被鱼吸引过去了。有点闷热，河水里时不时地现出小鱼，或许一群小鱼在水中嬉戏，眼看要追上了，鱼便一跃，出水。我猜想。因为我常常在河边观察夜色中的水。

姐姐追逐着“小灯笼”，几次双手一合，以为捂住了一只萤火虫，她以为小灯笼灭了。后来，她累了，早已过了往常睡觉的时间。她回屋躺下就入睡了。她一定以为弟弟比她早回床上睡了。弟弟像是上了发条，到处跑，可是若她背起他，弟弟在她的背上就能睡着。小男孩在梦中长得快，动不动就睡着了。

两家人一起到河边寻找小男孩。我希望小男孩玩着玩着，在河边的草窝里睡着了，草窝像席梦思床垫。我观察河水的动静。河水淙淙地流淌。好像在议论什么。现在流过的水，可能早先也经过这个地方，被阳光吸收，聚集为云朵，到山里降下来，再汇集到河里。

屋里、院中，所有的灯都亮了。那个妈妈又是呼唤，又是咒骂，愤怒集中到小女孩的身上。小女孩只有对着河水，哭着喊弟弟。河水像藏了一个秘密，不露声色。

忙活了大半夜，天亮了。岸边的草也被踩得伏地。小女孩在水中的芦苇丛中发现了漂浮着的弟弟。她说，弟弟，醒醒，起来。

两家人给小男孩送葬，艾城郊外的一座小山，增加了一个小男孩的坟墓。

我有个女儿，跟那个小男孩同龄，寄养在我岳父岳母那里。由岳母提出他们带女儿，因为岳母担心院前的小河。小男孩喜欢玩水，却不知道水的厉害。

妻子知道我一夜无眠，知道她不在我不睡——为此她得意过。现在，她问：要是我给你生的儿子落水，你会怎样？

我说：这话可不能随便说。

三天后，那对夫妻要换一个地方。选择租我们的房子，一是价廉，二是实用——洗衣、洗澡都用河水，节省了水费。可是其妻说：我不想再看见这条河了。

那个丈夫说：可惜了，养这么大了。

我听他那口气，像机器截断他一根手指。我差一点当面流泪。我别过脸。

预付的半年房租和押金，妻子退给了他们，毕竟是不可预料的事故，怎么能计较租房合同里的条款呢？

那个男人用完整的左手接过纸币，说：换个地方，再生一个。

“永久”

十六岁进城念高中，父亲给我买了第一辆自行车，随后多年，我也不知骑过多少辆自行车，有的淘汰换新，有的半新不旧，有的丢失……可是，我记住了最后一辆永久牌自行车。

四十五岁那年，有一天，我冒出一个莫名其妙的念头，明天正式起以步代车。为了打消我对自行车的依赖，我决定让它离开我的视线。

我在市政府大院工作，每天两点一线，沿着江边的柏油路，慢慢骑，不过五六分钟。

那辆“永久”，我已骑了三年，因为保养勤快，它还是七成新。套了皮革的坐垫套，我还把三脚架包裹了布条，后架配了橡胶垫子，还给脚踏配了橡胶套，外胎换新过一次。我把这些包装——保护套全都去掉，擦拭了钢圈，还上了一层油，阳光下它闪着锃亮的银光。钢圈丝毫没有锈斑。

"永久"如同它的车牌，似乎永远年轻。正好我要去商厦选择一双跑鞋。大型商厦前的停车处，可以供自行车停放，估计有上百辆各种各样的自行车紧密地排列着。我见缝插针，把"永久"推进队列。

我默默地对它说：你跟了我三个春秋，现在，对不起，我们要告别了。

购了跑鞋出来，我一眼就看见了自行车队列里我那辆"永久"，它浑身上下都在闪光。我特意没锁它，还将钥匙留在锁眼里。就好似母亲对我说：你长大了，翅膀硬了。

回到办公室，我想象，没锁住的自行车会不会追到我这里，好像小孩认识家门。我到办公大楼架空层原来它所在的地方，它没来，我放心。不过我的心里仿佛有什么被挪出来了。

下班我绕了远路，去商厦，我担心它还在，艾城雨水多，说变脸就变脸，雨淋日晒，它已没有什么遮护。仅剩十几辆自行车。我那辆"永久"不在那里了。我预想：它被人领走，一定到了个好人家。

第一天步行，沿着江边的步道。我的腿发酸。

一个星期之后，我的脚轻了，我发现之前从来没注意过的微小事物：一片叶子落下，一条鱼被钓起，一朵花儿绽开。我弯腰，像喇叭一样的花竟然哈气一样，我感到凉意，它大概把一冬的寒冷都吐出来了，顺便散发出香味。

我每天都走走停停，关注垂钓者的收获，有时遗憾，有时赞许。上班逆流，下班顺流。时间如流水，冬去春来，好像永远是那么一江水。我也知道，现在的水已不是过去的水。水面偶尔会开过货轮，偶尔会漂浮着鱼尸。我还是一早一晚，两点一线，二十分钟步行。我已经嫌它距离太短了。没走多久就到单位或者到家。

我所在的住宅小区已经有些年头，明显地老旧了。经济能力不允许我换新居，我觉得我与旧宅已气息相通——住着挺好。可是有一天，楼下的邻居来说，卫生间发生水灾，可能是我家的卫生间水管爆裂。

浴缸常常放出铁锈色的浊水。我联系了操着外地口音的管道工。他检查完说要换掉墙壁里的水管，因为客厅的花岗岩地板也渗出了水渍。我也打算顺便将浴缸换成淋浴。这凿敲像做手术，把身体内部的毛病都露出来了。家里如同建筑工地，原来不是一两天就能完工，我得请假协助管道工。

一天后，管道工列了个清单，由我去购淋浴器具。他交给我一把钥匙。

他的自行车停在楼下。过了两年，我还熟悉骑车技能。立刻有了人车合一的感觉。我掀铃铛，清脆、悦耳。我刹车，车有雷厉风行、立竿见影的作风。于是，我打量它。除了后架安上了载重支架……我拍拍车座，有弹性，我说：我俩邂逅了。

购了淋浴器具，我顺便买了熟食：麻油鸭、鸡爪、牛肉、花生。我又另买了两瓶啤酒（我看见，管道工每一餐都喝一瓶啤酒，他叫的是快餐盒饭）。

傍晚，我说：我请客。他疑惑地看着我，以为我有什么喜事，说：不用破费了。

一人一瓶。碰瓶，泡沫涌出，他一口舔掉。我证实他拥有这辆“永久”已一年，之前的一辆是杂牌组装，常掉链子，属于“铃铛不响浑身都响”的那类，一度他还步行，因为舍不得购新车。

我说：由车看人，一看你就是好心人。我克制着不吐露我的车总算有了好主人的心声。你这样的人是车就愿意伴你行。

如果要说一个母亲好，就去赞扬她的小孩。仿佛“永久”是他懂事的孩子——穷人的孩子早当家。他罗列了“永久”的任劳任怨，超载也不打晃。

我欣慰的是，他再苦再累，每天都要擦一遍“永久”。他说：我要让它干干净净迎接每一天的阳光。

我敬他——举瓶一碰，我说：想不到你还会说出如此诗意的话。

他说：关键时刻，它从没掉过链子。

我说，它跟随你，你重用它爱护它，它高兴。

他说：你怎么看出它高兴？

我笑了，说：我看出你高兴了呀。

他说：我接过许多活，你最客气，我保证你的楼下，滴水不漏。

我说：辛苦你了，谢谢。

他说：“永久”也辛苦。他还说：骑惯了车，要是走，我这腿像绑了沙袋一样。

我俩又碰了瓶，吹起喇叭似的喝了一口。我只说，我放弃骑车了，不让腿退化。我想象他发现插着钥匙的“永久”，好像我望着商厦前的自行车队列，提醒他：没上锁，就是让你领走。望着他推走“永久”，我说：谢谢。

温柔的权力

大运河边的步道，一边是石砌河沿的揽护铁链，隔几十步就有个木桩，铁链连接木桩，如浪，一波一波。一边是绿地，各种几何图形的绿地，隔一段有个牌子，或提示已走的长度，或提醒人与草木的关系。有一块牌子，我每次经过都要瞥一眼：花草约会，请勿打扰。

不过，已入“头九”，不见花，花可能隐蔽在一种向往里。犹记得去年春天花开。我说不出花名。那花，白得惹眼，打开的花瓣如爆开一样，我俯身，一阵寒气带着淡淡的香气。也说不出究竟是什么香，可能花蕾吸纳了一冬的寒气，舒了一口气一样吐出寒冷。

步道仅能容纳两个人擦肩而过。前边一个身材魁伟的男人，后边跟着一只白色卷毛狗。白中带黄，那黄，要是用沐浴露洗一洗，一定能恢复纯白。

我瞅中一个空当（可能他听见背后的脚步声了），几乎擦着他过去。

他怀中抱着一只宠物狗，黑得发亮，两只如玻璃球的眼睛，像刚在水中洗过一样。一条胳膊似椅圈，另一条胳膊像椅座——托着。他说：散步？

我们每天早晚都走河边步道，却叫不出对方姓名，但会打招呼，或者点点头，或者笑一笑。而他总是明知故问地问候一声。一条小黑狗，一个大身体，总是形影不离，以往，小黑狗或前或后陪着他，搞不清是人遛狗还是狗遛人。可能小黑狗身体不适，他抱着它出来走了。

我说：放下来，让它俩一起玩不好吗？

五大三粗的他笑得像绽放的花朵，看看身后的白卷毛，介绍道：那是雄的。再抚抚黑狗的头，像活动椅子一样动一动托着的胳膊，说：这是雌的。

刚走过“花草约会，请勿打扰”的牌子，我在心里翻译为“男的”“女的”。白卷毛已停在他身后一步远的地方，仰着头，嗅着空气，摇着尾巴。尾巴像竖起的一根旗杆。

他说：这几天，我这个宝贝发情了。

我立即将“发情”翻译为“恋爱”。偎在他怀抱中的黑，仿佛从伸手不见五指的夜晚蹿出来，与其说染了一身的夜色，倒不如说是黑暗的浓缩。

他转头俯视白卷毛，说：不知谁家的狗，大概闻出了什么？这几天，总是在楼下等待，赶也赶不走，我走到哪儿，它跟到哪儿。

我说：不是跟你，是跟着你怀中的黑，你不打算让它有后代？

他摇摇头，说：怀了孩子，还要喂奶，我这个宝贝这么好的身材，就会变，我不想让它变，所以一直抱着它。

我知道，不能在他面前用“狗”来说事，明明是狗，我说：你不是耽搁了它的青春吗?

他说：过了这段时间，就让它下地散步。

我没说出脑海里删除的一个词组：温柔的权力。我猛然觉得，他怀抱中的黑，高高在上，仿佛是坐在龙椅上的皇后，黑桃皇后，目光中闪着天真和无奈。

我继续走。回头望，他走，它也走，只是在他的后边，保持着一两步的距离，一高一低。白卷毛在等待时机。他抱着黑，他穿着黑色的T恤衫，似乎一片黑融化在另一片黑之中。一滴水滴入河流之中。我捡起一个鹅卵石，掷入河中，击起小小的水花，连涟漪也来不及产生就归于平静。河水照常静静地流淌，我知道，河水终将流向大海。

名人的扇子

现在，我已退休了，可那时，我还是个蓬勃向上、意气风发的青年。我发起组织我们艾城一位古代名人的学术研讨会，国内有关学者、专家、媒体聚集到艾城，那次研讨会的意义，随着岁月的流逝，逐渐显现出来，它提升和扩大了艾城的形象和影响。当时，各地兴起了争夺名人的时尚。而这一行为一度遭到批评。我们研讨的那个古代名人，因为行政区划的调整，其出生地已划入艾城，但史料记载，其出生地在历史上属于相邻的县级市。我们抢先一步，坐定了那把交椅。有些事得看谁的动作快。

我们专门汇编了那个名人的相关资料，以供研讨，随后还有不定期的刊物出版，国内影响颇大，甚至还衍生出一系列配套旅游产品，名人的扇子就是其中一种。

筹备那次研讨会，因为经费有限，又要准备小礼品，所以确定为扇子。扇子可有大学问。大会领导小组，下设接待、后勤、论文、保卫等四个组。我和丁天负责后勤。我在史籍里没有发现那个名人与扇子的相关记载。

丁天考证出了名人使用过扇子。讨论用什么款式的扇子，有位领导提出鹅毛扇，那是个隐喻：说好话。丁天反对，因为鹅毛扇有损那位名人的形象。最后确定：折叠绸扇。古代的艾城丝绸行业很兴旺。

折叠绸扇装入了资料袋。上午，开幕式，艾城的最高领导致开幕词后，会场突然断电。人多热气高，加上大热天，那本来不起眼的小礼品顿时派上了用场。整个会场一派扇扇子的景象，颇有古代文人荟萃的遗风。

我急得如热锅上的蚂蚁——团团转。丁天是后勤组组长，他颇有那位名人的风度，说：处惊不乱。我感到失职了，说：得采取措施。他摇着扇子，说：天助我也。

丁天做事有点一根筋，文史哲，他样样都有钻研兴趣，而且，总能独辟蹊径，发现新意。我想到他说几天前提起契诃夫戏剧观（第一幕出现枪这个道具，那么在第一幕，枪一定要响）。我怀疑停电是不是他预先安排？因为，他热衷物尽其用。

幸亏与会者每人都有一把折叠绸扇，会场的气氛、秩序良好。一刻钟后，恢复供电。我写小说，跟契诃夫的戏剧观相反，我认为，第一幕的那杆枪，到了剧终也不该响。而且，我获知会议期间的天气情况——气候凉爽，阴，有时有小雨。那天早晨，就喜降小雨，但是，随后是个艳阳天，好像有个伟大的人物出现带来了大太阳。折叠绸扇发挥了物理作用。

艾城的领导——丁天的顶头上司，会后总结表彰时，赞赏丁天力主发小礼物，同时，也点到后勤组的疏漏，但“坏事变好事”了。

我这个人好奇心特别强（这点像丁天），探丁天的底，是不是为了达到“物尽其用”的目的，人为制造停电事件，它确实是个事件，只是有惊无险。

丁天说：我费了那么大的精力，考证出名人的扇子，古代的扇子出现在当代，它当然能显示自己的存在。

于是，艾城名人馆率先推出了以那位古代名人命名的扇子，仿佛古代就出现了那把扇子，到了当代终于扇出了凉风。我知道丁天正在搜集、挖掘史料及其内涵，撰写一部那位名人日常生活用品趣话的系列随笔。

我私下里向会议楼的电工了解了停电事件的真相，是否有丁天的运作——为了一把扇子，丁天人为创造名人效应（名人的扇子效应）。我失望了，电工明确告知：那是线路超负荷造成的故障。

现在，丁天老有所乐，他已是艾城研究那位名人的权威，可谓著作等身。我向他坦白多年前调查停电事故的真相。他一笑了之，说：好奇是个好东西，但掌控不好就容易偏离方向。

阿明的礼物

我认识阿光和阿明是念高中的时候。他俩情同手足，一个人出现，另一个人肯定在附近。要是找不到两人中的一个，只要找到另一个，那这一个保准找得到。好像“光明”这个词，是专门替他俩所造。我称他俩为“光明先生”。

只是，他俩没什么故事。至多是要些个小心眼，喜欢恶作剧，这都是阿明的“杰作”，但还算不上故事。譬如，去果园偷苹果，阿明就随便出一个点子，两人一起行动。知情者会说阿光的脑袋长在阿明的脖子上边了。阿明时常为自己的技术含量颇高的“点子”得意不已。阿明看中什么，他总会想方设法获取，而且成功率极高。

一个人总会有一个故事。过了二十岁，光明先生就有了故事的苗头。他俩爱上了一个叫阿秀的姑娘。爱情和故事一起生长。

光明先生作为两个单独的个体，最终不可能和阿秀走向婚姻的殿堂吧。在爱情的天平向阿光倾斜的时候，阿明要了个诡计，结果，阿明和阿秀闪电般地结为伴侣。

阿明要了什么诡计，他始终闭口不谈。阿明的嘴巴很严实，叫他保存一个秘密，烂了也不吐出。他是一个相当可靠的人。阿光耳根子软，几句话一说，尤其喝点酒，他就如数倒出你想听的话。阿光是个肚里藏不住秘密的人，就像猫耳朵上的干鱼——过不了夜。

我喜欢接触阿光，阿明这个人，我一直探不出他的底。这两个人的友谊竟能像兄弟一样。阿光参加了阿明和阿秀的婚礼。阿光这样看待爱情和婚姻：该是我的女人就不属于别人，属于别人的女人就不该和我，一定是我哪里不对。

婚宴上，阿光喝多了。阿光只是歪在椅子上，不响也不动。我送阿光回的家。他母亲说阿光心里不舒服就喝闷酒。她还说阿明夺走了我的儿媳。

那之后，光明先生一分为二了。他俩关系疏远了，似乎是阿光有意避开阿明。大概是阿光不愿见到阿秀，省得触景生情——阿秀真是一道秀丽的风景。

等到阿秀的腹部明显腆起，我找内行的人士推断，阿明要的那个诡计，可能是抢先让阿秀怀了孕。

有一次，阿明突然来找我，要我协助他。他已经数次给阿光送礼物，均遭拒绝。阿明说我自小和阿光就是朋友，不能就这么断了，我出面，关系可能会缓和。

阿光有点一根筋，谈了阿秀这个对象，仿佛把心交给了阿秀。断断续续地有人介绍过几个姑娘，阿光懒得谈。我牵过一个线，阿光碍于我的面子，见过一面，就没下文了，倒是女方对阿光有好感。剃头挑子一头热，没戏。阿光仿佛在等待什么。我劝他，阿秀已结婚了，你不能在一棵树上吊死，天下的姑娘千千万万。阿光说慢慢再说。我说你再拖下去，把自己拖老了。他说我自己心中有数。

我陪阿明去阿光的家，阿光不在。阿光的母亲热情接待了我们。阿明拎着礼物，随口就说了个由头，说是孝敬老人家。那天恰是阿光母亲六十岁生日（虚岁）。阿明表示要替老人家办一桌宴，他说艾城祝寿的习俗是做九不做十。阿光的母亲就罗列阿明和阿光怎么怎么好。只字没提阿秀的话题。

阿光的母亲说：该生孩子了吧？

阿明短暂沉吟，说：流产了。

她说：可怜，怎么这么不当心？

当天，阿光约了我。他托我把礼物转退给阿明。他什么话也不说，只是拜托我退还礼物。我这个中间人为难了。他说：麻烦你了，我真的不缺。

阿明也没说什么，只是把礼物丢进家门不远的垃圾箱里。自此，他再也不提送礼的事儿了。

阿秀阿明办理了离婚手续。

其实，打阿明恋爱时耍过那个我未知的小诡计起，他和阿秀的关系就埋下了隐患。婚前，阿明将自己“光明”的一面炫耀在阿秀面前，只是婚后阿明“阴暗”的一面逐渐暴露出来。阿明是个爱情的技术派，可惜婚姻不能老是使用“技术”（技巧）。婚姻要用心，最大的技巧是无技巧。

阿秀离婚后，似乎相当长的一段时间扑在单位的事务里，她在艾城茶文化博物馆供职。一个偶然也是必然的机会，阿光来博物馆前的一个茶馆，约了我一起品茶。不料，阿秀也是茶馆的常客。

我邀阿秀坐到一张桌子来。那天，我看到阿光的眼里闪着难得的光亮，似乎一盆火即将熄灭，但一阵风又将一个木炭的颗粒吹亮了——那颗粒里还含着残火。

之后阿光给我一张请柬——参加他和阿秀的婚礼，我也没感到意外。这似乎是顺理成章的事儿。我偏爱咖啡，嫌绿茶太清淡、太平和，不够刺激。而阿光就爱品绿茶，这跟阿秀一样，以茶结缘。其间的故事我就不知道了，反正，他俩结婚了。

据说，也给阿明寄去了请柬。阿明没出席，推说出差。

洞房花烛夜，发生了一件事儿。阿光发现阿秀的背脊文着五个字：阿明的礼物。

阿光向我透露了这个发现。

这个阿明，终于送出了阿光回绝不掉的礼物。阿明自己开了一家文身馆，租的店面宽度不过两米，十来平方米的一间临街的房子。

超前新闻

我此次来艾城，主要是配合我最新一部长篇小说《冰》做营销活动，我将举办一次演讲，演讲过后是签名售书。整个行程均由艾城出版社精心安排。

下榻艾城一个豪华宾馆的当天，我无意中看到艾城的晚报上刊出的一则关于我的新闻：艾城读者期待已久的著名作家秦城昨日来到我市访问，今天，他在艾城会议中心报告厅做了关于创作长篇小说《冰》的演讲，报告厅座无虚席，连走廊也站满了听众。同时，秦城当场回答了听众的提问，随后，他进行了签名售书活动，截至发稿时间，他已签名售出 8560 本。可喜的是，秦城邂逅了他寻找多年的父亲。父子重逢艾城，秦城说他不虚此行，这是此次他来艾城最大的收获。

晚餐桌上，我向出版社刘总编提出了质疑。我认为这则新闻失实，另外我还担心明天演讲的效果，我要刘总编与晚报联系，讨个说法。当然，我表示，我将保留我明天的原定行程安排。

恰巧晚报记者在座，他叫赵一新。我估计是刘总编的精心安排。他对《冰》的销售很有信心。

赵一新先敬酒，他说：你可能不知道艾城的规矩，本报是艾城发行量最大的一份报纸，我们注重一件事还没发生就把它写出来，这是我们的兴趣所在。

我说：你们岂不是像写虚构作品那样写新闻了吗？

赵一新说：还是有区别的，小说和新闻在我的眼里都有可能性。

我说：明天我能获得新闻报道的那种可能吗？确实，我一直在寻找我的父亲……你却写成了事实。

赵一新说：我们绝不虚构，无数事实证明，新闻出来后事态按照我们所写的那样进展。

我说：难道你写了我和父亲邂逅，我和父亲就相逢了？我倒期待那个时刻。

赵一新说：我很自信，正是由于我们事先报道了一件事，那件事才得以发生，这也是我们晚报追求的真实，也是读者的期待。

我说：你这样的新闻已越过了事实的边界了，是小说惯用的手法。

第二天，我像是被牵着鼻子走，我演讲，我回答，果然出现了新闻里表述的那场面，激发了我的演讲激情，效果出乎我的意料，一个字，好！

我会闪出一个念头，但仍跳不出事先的策划，刘总编力图将整个安排纳入新闻的事实，确实如此。

我想到父亲。签名售书，读者已排起了长队。现场还有保安维持秩序。十五年写就的第一部长篇，看来读者期待已久。

一位中年读者拿了一摞《冰》，说：冰融化了。

我记起这是《冰》结尾部分的一句话。我说：你一下子购九本呀？

他说：送朋友，失却父亲的朋友，我们羡慕你找到了父亲。

我说：是吗？

他指指我背后的横幅（什么时候悬挂的呢？），上边写着“著名作家怎样寻父，《冰》里提供了线索”。

这时，我意识到我在《冰》里跟父亲邂逅了。

他还复述了那段即将见到父亲的描写：途中发生了车祸，我不愿透露我的住址，因为我不想让母亲知道我的行踪，我不想伤母亲的心。

到了艾城，我忽然意识到我在《冰》里跟父亲邂逅了。我始终隐匿着这件事，因为我居住的那个小城会蔑视我，还会影响到我母亲的生活。

我脱口说了句新闻里的话：我在艾城邂逅了我寻找多年的父亲，我不虚此行，这是我来艾城最大的收获。

我的手写酸了。主办方及时刹车。据统计，我确实签出了 8560 本《冰》。我仍然认定这是他们的策划，由此保证了昨天新闻的真实性。

接下来两天的日程，都是有板有眼地进行，仿佛我进入一个轨道，按惯性运行起来，事先报道，之后发生，时序颠倒，环环紧扣。而且，赵一新做了个长篇访谈，占了一整个报纸版面。他其实根本没有访谈过我，可他操作得真的像我们俩面对面谈过话一样，甚至穿插了许多访谈现场的细节，例如笑声、喝茶。我甚至沉入幻觉：我真的来过艾城吗？或许，我来到之前，一切都已经发生了。

儿子留下的纸条

赵女士整理儿子遗物时，发现了儿子留下的一张纸条。

“妈妈，我已经开足了马力，可是我还是跟不上，我让你失望了，我再活下去，会加剧你的失望，我感谢你的养育之恩，是我不争气。”

儿子去世已经一年了。一年里，赵女士一次也没梦见过儿子。

白天，赵女士想儿子，不同年龄段的儿子总会出现，像在一个形象的长廊里，儿子从小到大排列着。不过，她想得最多的还是高中时代的儿子。好不容易考入高中，那是艾城的重点高中，重点班。

高一时，儿子的成绩还排在年级前三名。儿子回到家，她什么也不让儿子沾手，烧好饭菜，她唤儿子暂时放一放学习。饭后，又催儿子抓紧学习。高二时，儿子的排名已在年级十名之后了。

赵女士说：你怎么落后了？可不能输在起跑线上。

儿子说：妈，我的脑袋已饱和了，再也装不进了。

赵女士宁愿看着儿子坐在书桌前，开着灯（回忆起来，其实是做给妈妈看）。她做好夜宵送过去。

进入高三，高考进入倒计时，儿子常在课堂上打瞌睡。他得了严重的神经衰弱。

赵女士哭了，说：你就不能替妈争口气？

儿子失踪三天，坠入艾城郊区的悬崖。儿子恐高，悬崖深处那条河向他召唤（儿子提起过那条河）。下游，他的尸体鼓鼓囊囊地漂浮着。

赵女士懊悔，是不是逼得儿子过于紧了？弦绷得过紧，断了？儿子小时候，第一声喊“妈妈”，她抱住儿子亲不够，那时，丈夫已离她而去。儿子是她的“最后一根稻草”。

早晨，她醒来第一件事就是追忆昨晚的梦，遗憾的是，儿子一次也不进入她的梦。好像盖了一间房子，本来该住进来的人都不肯进来，房子空置着。她的心像一间空房子。

她想：是不是儿子害怕我了？儿子，假如你活着，妈妈再不逼你复习功课了，妈妈一定陪你去你喜欢的地方游玩，一定让你阅读你喜欢的小说。

有一回，赵女士发现儿子在偷偷看一部长篇小说，她一把夺过来，撕得粉碎，说：都什么时候了，你还有闲心看闲书，你真让我失望。

儿子说：妈，你别哭，我保证不再看闲书了。

儿子离开她半年，赵女士开始服用安眠药。她想早点入睡，好像儿子在梦里等着她。她想，儿子一定懊悔了，会跟她在梦里相见。梦里，儿子过得怎么样？

接近儿子忌日，赵女士想起儿子高三的同学，她曾在艾城的报纸上看到光荣榜，谁谁谁是高考理科状元，谁谁谁是文科状元。她还在名单里寻找过儿子的姓名。接着，她想起儿子已不在了——教室里那个座位空着，她曾去整理儿子的抽屉。

赵女士特别在乎的是，将近一年了，儿子竟然一次也没在她的梦里出现过。儿子害怕妈妈了？

忌日那天，赵女士来到儿子的墓前，她带去了一本书，专门去书店购买了她撕碎的那部小说。她点燃了书。灰烬如同一群黑蝴蝶，翩翩飞舞。

她说：妈再不会禁止你读喜欢的书了，读你喜欢读的书吧。

她说：妈想你，你怎么一次也不来见妈妈？

当晚，赵女士服了比平常多一倍的安眠药，她有一种感觉，今晚儿子会来。她认为母子俩相依为命，儿子是那么理解妈妈的心思。

第二天，阳光等候在窗帘外边。赵女士看看床头柜，抚抚被面，她还挪起了台灯。她没找到那张纸条。她起床拉开窗帘，一刹那，阳光涌进来，灌满了卧室。

她说：儿呀，你就这么怕见妈妈？来过了也不让妈妈看见你。

赵女士清晰地记得梦中的那张纸条，压在床头柜的台灯下边——梦中，儿子留下了纸条。

“妈妈：你要是想不起我来，就不要硬想了，你别想得太累了。我也很累，我正接着看那本没看完的小说。”

她折叠被子的时候，疑惑怎么没发现儿子留下的那张纸条。

分享错误

我抵达艾城，出了站，顺便购了一份当天的《艾城快报》。我来艾城主要是想寻找创作灵感，相当长的一段时间里我已文思枯竭。艾城是变化莫测的地方，甚至某种意义上说，我期望在这里找到灵感。

坐进的士，我打开报纸，赫然发现我成了头版头条的新闻人物。主标题是"作家谢志强出错，数位居民分享"，副标题为"谢志强灵感勃发创作出小说《分享错误》"。

我注意到新闻透露出了事发时间是明天，甚至标明准确时间是明天上午 9 点 45 分。我提醒司机：去《艾城快报》社。

我找到了那位资深记者刘先知。他似乎已熟悉我，说：幸会幸会，我正在准备关于您的后续报道。

我说：可是，我刚到这里，我自己还没做什么！

刘先知说：没有做不等于不可能发生，而且你已进入场景。

我说：新闻应当在事发后，你却在未发生之前就做出报道。

刘先知说：这也是本报的创新之举，整个社会都在加速，快报就是顺应时代节奏，突出一个“快”字。

我说：再快，也不能抢在事实发生之前呀，我要起诉你，损害我的名誉权。

刘先知说：还请你谨慎，率先报道必有我的道理，我尊重事实。

我决心以事实否定刘先知报道的明天的“事实”。我把自己关在旅馆房间里。可能旅途疲劳，电话扰醒我时已是我抵达艾城的第二天上午 9 点 45 分。

对方说：你丢失了什么？

我说：没什么吧？

对方说：你再检查一下。

我起来，发现包里的全自动剃须刀不见了。随即，门铃响了。我开门，进来三个人。一个自称是小偷，昨夜偷了我的剃须刀，可剃须刀伤了他的下巴颏——刮伤了皮肉。

小偷生气地说：是你的剃须刀削了我的皮肤，你必须赔偿我的形象损伤费。

随同的两个证人，说：情况属实，已经得到医院验证。

小偷愤愤地说：第二，剃须刀是假冒伪劣产品，我好不容易趁你入睡后开了门，却没发现我想要的东西，最后偷了个剃须刀，却是假货。

两个证人说：已经检验，剃须刀确属冒牌产品，而且劣质。

小偷捂着下巴的动作，似乎他的伤比表面看起来还要严重。

两个证人说：你犯错误了。

我说：他偷了我的剃须刀，怎么反倒是我错了？

小偷开始呻吟，表情夸张。

两位证人说：毫无疑问，剃须刀是你的吧？剃须刀伤害了他。而且剃须刀又是假冒伪劣产品，按艾城的规矩，你犯了两项错误，我们已通知了记者刘先知。

我说：这是阴谋。

刘先知进来了，说：请问，你是在何处购得此剃须刀的？

我说：小巷里的小电器商店，我可以领着你们去指认。

两人说：不必了，那是“鱼饵”，错误的“鱼饵”。

刘先知说：你身上存在无数个出错的因素，譬如，你这胡子，可你忘了带剃须刀。

我说：事先你已跟踪我了？

刘先知说：我只知道你要来艾城，艾城有多少人等着享受你的错误呀。

小偷说：我不能空手离开，我发现剃须刀是假货的时候，我如获至宝，可是乐极生悲，还是受了伤。

两位证人说：因此，你得为你的错误付出代价，按艾城的规矩。

图个太平，我支付了一笔现金。那三个人当即分享了我的“错误”。后来我知道，是那两位证人发现小偷下巴流血。

刘先知说：你相信我报道的事实了吧？我的很多新闻都是因为我写了之后就会发生。艾城居民对错误十分关注，都有着魔一般发现的眼光，况且你初来乍到。

我说：我害怕，因为我的创作灵感很脆弱，你的报道里说我“灵感勃发”，我要以实际行动证明你这一点失实。

刘先知笑了，说：你已身处你的小说素材里，你只要排除杂念，排除干扰，一门心思反思你的错误，错误就是你的灵感。

我不愿去想，可是我的遭遇笼罩着我、缠绕着我，让我坐立不安。我打开电视，眼看着画面，心里还是想着“错误”。我不知不觉坐到桌前，思如泉涌。

我写出了“错误”的遭遇，我避开刘先知定的那个题目，列出了无数个题目供自己选择，最后，“分享错误”成了我的最佳选择，似乎我替刘先知捉刀，或者，我是写他拟订的命题文章。

傍晚，刘先知来电话，说：敲定了吧？副刊已专门留给你版面了。

我恼火了，说：整个过程，你享受错误的什么？

刘先知说：我享受自己创造的新闻，终于兑现了，因此我能够得到报社的奖金，这样我也分享了错误。

我说：你取笑我。

刘先知说：你不是享受了创作的乐趣了吗？所以希望你继续在这里体验生活，因为这是个充满灵感的城市，副刊编辑已去你处拜访，料定你已脱稿。

高空盒饭

阿根坐在后舱机尾的座位，他望见过道尽头空中小姐推出的餐车，广播里宣布将给各位旅客供应盒饭。他想到前次宾馆里、火车上、轮船中的饭菜都蛮贵的，那么飞机的盒饭肯定更贵。

阿根闭上眼睛，装着打瞌睡。其实，他的耳朵已捕捉到渐近的餐车。邻座的乘客用手戳戳他的胳膊，他睁开眼，空中小姐已送来一个纸盒。他连忙摇摇手，还拍拍肚子，又摇摇手，还摇摇头，指指嘴，表示已经饱了，甚至他还期望自己打个真实的饱嗝。对方就没勉强。

他认为自己此举果断又正确。确实，那次以为宾馆里的啤酒能白喝，结果等于喝掉了全家一个星期的菜钱。不过，他用眼角时不时去瞄邻座打开的饭盒，里边有一个牛角面包，一个圆形面包，还有一袋果脯，一小盒什锦菜。它们一升上高空，那价钱也肯定跟着翻筋斗。他想，这些小玩意，完全是骗骗嘴巴。不过，他的孙女要是看见这些食物，肯定会欢喜得又蹦又跳，像蝴蝶恋着花朵。

他想打听盒饭的价格。但他没吭声。别让人以为他馋嘴了。邻座留下一个圆面包，似乎不合胃口，用餐巾纸揩了嘴，塞进饭盒，盖上盖。

过一会儿，空中小姐来回收饭盒。他关注要收多少钱。空中小姐并没有收款。他可惜邻座将装有一个圆面包的餐盒当废物交出了。他好奇地想：那盒饭到底要多少钱？

飞机舱里，一个萝卜一个坑地都坐满了。他猜测，大概空中小姐忙完了再来收款。这里可不像城里的饭店，进进出出都有路，出机舱，还往哪跑？除非不要命了。渐渐地，他有点沉不住气了，他没发现哪位乘客跟他一样拒绝盒饭，那么，谁来证明他没接受盒饭呢？

他担心说不清，便对邻座笑笑，说：飞机还有多久降落？邻座说：广播里会通知，大概还有个把钟头吧。

他说：刚才就算你吃过饭了？

邻座说：当然，飞机上还能怎么吃？

他点点头，佯装饱了，说：登机前我垫了肚皮，你看到了，我没吃飞机上的盒饭。

邻座说：你是吃不惯？

他说：我喜欢家乡的白米饭，嚼起来有点香、有点甜。

邻座说：绿色食品。

他迟疑了一下，有点欢喜，说：对，对，没错。

邻座说：你去艾城走亲戚？

他说：参加农民画展。

邻座第一次正眼瞧他，说：你会画画？

他说：种地的农民，闭了眼瞎弄弄，图个乐趣。

邻座说：能参加艾城的画展，说明你有档次。

他摇摇手，说：瞎凑合，哦，你可看见我刚才没要那盒饭呀。

邻座说：艾城接待你的规格肯定高。

他说：随便吧，刚才那盒饭，哄哄我孙女倒行，你看见了，我没要。

邻座说：你有福呀。

广播里提醒乘客，飞机已开始降落，还播报了地面温度。阿根望着空中小姐的行踪，她们似乎忘了收款。他坚信，她们不会漏了这笔账。一定是出舱门的时候收饭钱。

阿根坐在过道旁的座位，他起身，背上包，时不时地回头，很放心，邻座那个中年男子就跟在他后边。到了舱口，空中小姐很礼貌地跟乘客说：欢迎再来。

阿根嘀咕：怎么不见收饭钱？他估摸着，到机场出口会收款。他有意放缓脚步，跟邻座的男子一前一后走，万一走散了，谁来证明他没吃盒饭？他甚至提出帮那男子拎一个包。男子说自己能行。

他看出对方眼里流露出警惕。他还是主动搭话，说在山里拉百把斤的毛竹能走十几里山路。过了出口，并没有他想象的收盒饭钱的人。他想，世界上还有这么好的事儿？白吃。

他跟邻座男子分别时，说：飞机上的饭白吃？

男子说：说是免费，其实含在机票里了。

他懊悔没接受那盒饭，起码，他说不出飞机上盒饭的滋味。他毕竟头一回乘飞机，到时候，孙女要是问在高高的天空上怎么吃饭，他咋回答？

桂花巷

我们桂花巷，姑娘们出嫁就说是桂花香了。闻到桂花香气，就说桂花开了。说桂花开了，其实是闻到了香，不一定是亲眼看见桂花开。

桂花巷里的姑娘，总喜爱选择桂花开的季节出嫁，到了中秋就是出嫁的高峰。桂花便成了出嫁姑娘的统称，不过，出嫁的姑娘不一定都叫桂花。许多姑娘的名字都与桂花沾边。

一年里，桂花巷只有一个真正叫桂花的姑娘出嫁。名字绝对不重复，也就是同一年出生的女婴，只有一个女婴起名桂花。怎么就不会重复呢？我至今也没有去探究。大概先去报户口那儿咨询过了吧。

艾城这个窄窄短短的桂花巷，有名气的是姑娘，居住在巷子里的居民颇为自豪。因为桂花巷出美女。我倒看不出桂花巷的姑娘比艾城其他街巷的姑娘漂亮多少，只是，桂花巷的女孩在其他地方上学或工作，又或聚会时，大家分辨得出，会说：你家在桂花巷吧？

凭什么猜定姑娘家在桂花巷呢？小伙子鼻子灵着呢，一闻，就闻出了。桂花巷的姑娘身上有桂花香气。桂花开得热闹，大概中秋节前后的那半个月，二十天左右吧。可是，桂花巷的姑娘一年四季都“香”，特别是冬天，好像严寒把桂花香逼出来了那样，闻到香气的人，甚至误以为不是冬天。小伙子的鼻子像狗，在不同方向的空间里吸溜吸溜地闻：怎么这个季节桂花开了？

我碰上过这样的小伙子，那样子相当夸张。闻一闻，目光就锁定在来自桂花巷的姑娘身上。其实，小伙子怎么想得到，一个姑娘自小到大居住在桂花巷，年复一年闻那香气，自然而然被香气所熏，怎能不香？简直是个活香苞嘛。所谓美女之美，是美在香气上。闻香识女，许多小伙子都喜欢找桂花巷的姑娘。

桂花巷的香气有点稠，其他地方的居民或游客，会沿着花香的小径赏花。其中也有中老年妇女，将一把黑布雨伞倒放着，对着一树桂花，摇一摇或敲一敲，那细碎金黄的桂花就似雨纷纷落入伞兜里，择去叶片，便是簇拥一团的桂花，不用猜，那妇女就喜欢吃或者擅长做桂花馅的猪油汤团，也可能是桂花馅的酒酿圆子。

今年哪个“桂花”出嫁？往往，名字叫桂花的姑娘出嫁，就是艾城晚报的一条新闻，社会新闻版，年复一年，都有图片配文字的报道。

晚餐的时候，我和妻子感慨时间过得快——又一年桂花开了。我们不多说桂花开（这是习以为常的事儿，而没有桂花树的街区才会把桂花开了挂在嘴上），而是说人生：小时候盼望桂花开，只嫌时间走得慢；过了五十岁，总觉得日子过得快，挡也挡不住，一眨眼，桂花就开了，我们就希望桂花慢些开。

有叩门声。放下筷子。明明是我们的门响，一窥猫眼，却是在叩对门。估计还要回头叩我们的门。是六楼的那对夫妻，丈夫抱着个纸盒子，显然不重。对面门打开，接过一盒精美的喜糖。

果然，又返身叩我们的门。我一时叫不出名字。楼道里，上上下下相遇，至多一个客气的微笑，但不交流，住了二十多年，竟没相互串门——都静悄悄地过着自己的日子，这对夫妻的鬓发也白了。

女的说：我们桂花今天结婚。

我接过一小盒喜糖，说：恭喜恭喜！桂花香了，你们家桂花明天要上新闻了。

我妻子赶紧出来，说：这么快呀？当初，还是小宝宝呢，一下子出落成了大姑娘！桂花出生仿佛还在昨天，不哭不闹，那天在楼梯你们发红喜蛋，多可爱的小女孩，香喷喷的小孩，不认生，亲一口小脸蛋，笑得像有人在胳肢她，只是不出声地笑，还有两个漂亮的小酒窝，现在小酒窝还在吗？

女的说：还在，还在，浅了，浅了。

我妻子说：笑得那么好，该把酒窝笑深呀。这对夫妇只是微笑，笑得不出音。

我说：大喜的日子，你们忙，你们忙。

关了门，吃了饭。妻子突然说：今天出嫁的桂花是他们家的姑娘呀，多有福气。

我说：要是我们有个女儿多好。

妻子说：这话，你可不要叫儿子听见了，好像我们生错了他。

我说：女孩子多好，用不着操那么多心思。

妻子说：女孩男孩，父母都得操心，侧重点不一样罢了。

我猛地想起一个“空白”，说：咦，二十多年，我怎么没听见过这个楼道桂花的声音？你听到过吗？

妻子说：女孩子安静，我们桂花巷，哪会有咋咋呼呼的女孩？

我说：是不是担心声音一高，把桂花吓得不敢开了，凋谢了？

妻子说：这就是桂花巷的女孩子跟别处的姑娘不一样的地方，文文静静，你记不记得601的桂花，不仅害羞，进进出出还不声不响，静悄悄地就长大，唉，孩子一大父母就老了。

我说：一说就说到悲观，哦，我想起来了，哪一年我忘了，反正是桂花念小学吧，一天早晨，桂花站在楼下朝六楼喊：妈，书包，把我的书包带下来。

妻子说：对，随着桂花的呼喊，她妈妈的脚步声越发紧密，一路响下去，那是桂花最大声的一次呼喊，有点着急。

我说：她妈妈下楼说了桂花，这么急急地下楼，把书包忘了。桂花说，妈，桂花开了，闻到了吗？她妈妈说早闻到了，还要她提醒？她以为是她头一个发现的呀。

桂花巷有一套与桂花有关的语言。桂花开放的时节，桂花巷出奇的静，所有的居民都很默契，好像一齐腾出这个宁静，让桂花尽情地开放。我选择在这里居住，坚持不迁新居，就是为了享受这份难得的静吧。

接着，楼下响起一阵鞭炮声。桂花将穿着婚纱走过桂花树构成的“隧道”。巷口停着迎候新娘的轿车，这都可以想象得到。据说我的父辈用的是花轿。

桂花巷的大喜（婚嫁）用的鞭炮很特别，规格小且不说，声音也小。

楼上能听见，却传不远，大概怕惊吓了花。不像别处放的鞭炮，那么刺耳，那么响亮，那么粗壮。

一说两说，就说到儿子，要是娶个桂花这样的姑娘多好。可是儿子眼在望别处，似乎这么快结婚荒废了大好的青春时光，就没心思恋爱了。儿子说：还没玩够呢。

关了灯，我难以入眠。有时，我会莫名其妙地担忧，睡着了，第二天早晨要是醒不过来多可怕！不敢多想，这个年纪，好像有什么可怕的东西正在逼近。

想象中，鞭炮放罢，桂花穿着婚纱，由伴娘护着，父母陪着，像清新的风，慢慢地吹，走过桂花树夹道的桂花巷，饱含着芬芳。鸟儿顿时叽叽喳喳地叫起来。

那是说不出名称的鸟儿，听得见啼啭，却看不见形体，隐在花和叶里边。桂花开的时节，好像是鸟儿在聚会。

我说：桂花结婚生子，生个女孩，会给女儿取名桂花吧？离开桂花巷，名字重复就没有关系了。

妻子说：怎么没关系？哪能母女同名？

我说：对。

妻子说：人家的女儿出嫁，你操什么心，操你自己儿子的心吧。

我说：操心没用，儿子找对象，父母何必去操心，遇见什么姑娘是儿子的缘分，缘分不到，操心也白操，我们过去操心有用吗？

妻子叹一口气，说：这么晚了，睡吧。

我说：好，睡了。

我继续想，桂花如果生了女儿，桂花开的时节，她会抱着女儿到娘家住，这是桂花巷的习俗，让女儿来闻闻香，熏熏香。这样，女儿长大后，别人就会以为她是桂花巷的女孩。等到女儿终于长大了——桂花香了，返回来嫁给桂花巷的小伙子，桂花巷已有这样的先例。

桂花的香气渐渐送我进入梦乡。好像那是一条我首次踏上的小径，香喷喷的小径。

急刹车

这次单位组织去吵架村游览，我算是看到了“慢半拍”不为人知的一面。“慢半拍”是马先生的绰号，他事事都慢半拍，包括婚姻。而立之年，成家的事他八字还没一撇呢。

游览完吵架村，大家都按时返回大巴，唯独不见慢半拍的身影。我们取笑他是不是在讨教“吵架”占优势的秘诀。因为，慢半拍与人争执时也慢半拍。

幸亏大巴一时半会儿不能开动。司机腹泻了，不知吃了什么。腹泻暂时缓和，但出现脱水症状，浑身无力，怎能把握好方向盘？

原计划当天返回艾城市中心。吵架村是艾城最偏僻的地方。

马先生终于来了，说：对不起对不起，耽搁大家了。

有人说：这车就你迟到，等出了故障，得罚你。

马先生一副甘愿挨罚的姿态，说：我能承受的范围里随大家罚。

我说：罚你叫车回艾城。

马先生坐到驾驶座。

大家一致反对：万一有个三长两短，我们单位可要停止营业了。

马先生出示驾驶执照，说：这可是A照，我有八年驾龄。

我从来没见马先生开过车，他每天都步行。据说，他放弃原来那个单位的优厚待遇，是因为那个单位跟整个社会一样在提速、在加速，而他不断在减速——慢半拍。

说起吵架村的偏僻、闭塞，与其说是距艾城市区远，倒不如说交通不便，沿途均为蜿蜒崎岖的山路。

值得欣慰的是，马先生的驾驶技术不错，仿佛他熟悉这一带的山路一样。大家赞赏：幸亏有个“慢半拍”。车内的气氛融洽、轻松，充满着欢乐，甚至有人唱起了歌。还有人模仿吵架，练口才也是我们单位此行的宗旨。

突然，车里的人随着惯性，身体整整齐齐地前冲，又后仰。这是急刹车的效应。

车周围并无什么。大家纷纷嚷：出了什么事儿？

马先生转脸，笑了笑，稍停片刻，又继续开。

没事儿踩什么急刹车！不过，也不能过分埋怨，以免分了“慢半拍”的心。

阳光不那么强烈了，太阳似乎累了，降到山岭背后。车速缓慢。想加速，我们又不能提出。

又一个急刹车。整车的人晃动得不那么剧烈。怀疑渐起。

有人问：慢半拍，车没毛病吧？

马先生仍回头笑笑。

是不是对我们提出的惩罚的报复？我说：少安毋躁，安全第一，安全第一。

整条路，无行人，无其他车辆，路面平整，盘山而下。我便问：你没毛病吧？

马先生笑出了声，好像一个顽童的恶作剧收到了效果。

我们的身体，随着车的转弯，顺势左摇右晃。

预期中的又一个急刹车来临，已在山岭隘口了，两边悬崖峭壁。是不是马先生心虚手怯了？所有的人双手都紧抓着前边靠背的抓手或座位旁的扶手。

我说："慢半拍"，所有人的性命都掌握在你的手中哟。

只有我们这一辆车。有人说："慢半拍"，你是不是踩刹车踩出了瘾？

马先生这回的笑含着抱歉。

我怀疑他对速度有抵触心理，忍不住要踩刹车。八年的驾龄，他可能养成了踩刹车的习惯，因此，不得不放弃了驾驶。

虚脱司机迷迷糊糊地睡着。大家克制着埋怨、指责，因为都担心干扰了马先生。马先生的微笑里有一种平静。

剩下的路，一马平川。进入艾城市区，大家悬着的心放下了。那么多来往的车辆，马先生竟不再急刹车，而是平稳行驶。车内轻松、快乐的气氛又升起。接近终点，甚至有人提议聚一餐再散伙。

确实有点饿了。何况，还想再尽兴。

马先生说：吃了饭，恐怕大家回去就不方便了。

有人兴趣十足，说：“慢半拍”，你一路急刹车，把我们的肚子都刹空了。

马先生说：马上就要来一场暴雨。

我说：“慢半拍”，这么好的天，你有约会吧？

马先生说：我看见好几处蚂蚁成群结队搬家，过山道，所以我急刹车，不想碾伤搬家的蚂蚁队伍，一路让大家受惊了，在此我表示抱歉。

原来急刹车是因为蚂蚁搬家，蚂蚁那么小，足见马先生视力惊人呀。

大家纷纷担忧家里的人和物了。

想不到，真有那么一场暴雨，满城笼罩在喧嚣的雨声里，持续了一夜。据说，那是艾城百年一遇的大雨。

马先生竟在看见蚂蚁搬家的行动中预测到了。过后我才知道，马先生还是保护动物的志愿者。要保证行车安全，又要保护蚂蚁搬家，马先生的微笑，事后我才理解。

纪念一个孩子

抵达艾城已是傍晚，第二天清晨，我动身赶往学校。我是来取经的，艾城的教学模式很有特色。

可是，我穿过广场的时候，发现广场到处都是孩子，东一堆，西一伙。我以为今天要在广场举办一个儿童的大型活动。可是，又不像。他们有的给鸽子喂食，有的放风筝，有的打陀螺，有的玩过家家，有的制陶器，有的画画，有的跳舞，好像相互之间不交流，都是各玩各的，穿的服装也各式各样。我真的误以为艾城居民突然返老还童了，成了童子城。广场附近的街巷，到处都可以看到小孩，甚至房子门口还有小孩在玩玻璃弹珠。

学生不去学校，就如同庄稼地里不长庄稼。我观察了好一阵子，孩子们都玩得投入、尽兴，似乎把上学的事儿抛到九霄云外了。

我蹲到打玻璃弹珠的三个小男孩旁边，说：小朋友，你们咋不去上学？

一个小孩说：不用上学了。

我说：为啥不用上学？

小孩说：玩呀。

我说：学校放假了？还不到暑假时间呀。

小孩说：到了玩耍的时间了。

我说：不上学，就是玩？

小孩说：就是玩。

我欲再问，他们已顾不得我了，不知为啥，他们争论了起来，大概有一个孩子违反了游戏规则。看来，我没有必要赶到学校去了。

不知哪儿飞来那么多鸽子。我在广场小摊买了两小袋鸽食，加入小孩中间，仿佛我突然还童了。我多么希望自己回到他们这般年纪呀。我有点讨好似的接近他们，似乎是入伙，希望他们接纳我。我给其中一个小孩一袋鸽食。他理所当然地接过去了。

我趁机问：告诉我你们咋不上学？

他说：玩呀。

我说：要玩多久才上学。

他抛撒着鸽食，说：半个月。

我说：谁规定的半个月？

他说：没谁规定。

我说：那为啥？

他说：纪念一个同学。

我说：你们学校的一个同学吗？

他说：不是。

我说：那个同学现在在哪儿？

他说：我也不知道。

我又被晾在一边，他们走进鸽群。鸽子似乎不惧怕他们，甚至落在他们的手掌、肩头。但是我过去时，鸽子却飞起避开了。鸽子防备着我。有点无趣，我选择离开，背后是孩子们天真、爽朗的笑声，好像笑的是我，其实不是笑我。我有种错觉，他们本来已是和我一样的成人，玩着，笑着，都成了小孩，艾城已是一座儿童的城市。大人都知趣地隐退了。

我终于找到一个大人。他家门前，有几个小孩在玩制陶。小孩的手上、脸上、衣服上都粘着陶泥。大人可能是其中一个孩子的父亲，很无奈很羡慕的样子。

我说：讨口水喝。

他热情地沏了一杯茶，似乎生怕我立即走，还搬来椅子。我是一个被小孩排挤的成人。我请教他孩子们为什么都在玩耍。

他说：玩吧，玩吧，放松放松。

我说：到底为啥？

他说：纪念一个孩子。

我说：纪念一个孩子就都玩耍了，那个孩子一定是个贪玩的孩子。

他说：不是，那是个不会玩耍、不会淘气的孩子。

我说：你认识那个孩子？

他说：不认识。

我说：那个孩子怎么发动起全城的孩子放开来玩耍呢？

他说：没有发动，没有。

我说：那个孩子现在在哪儿？

他叹一口气，说：去年，那孩子住了院，医生诊断不出他患了啥病。他在病床上躺了半个月，眼见着像一棵树苗缺水缺光一样枯萎了。半个月里他什么也不说，最后那天，他的爸爸妈妈问他要啥，他说，我要玩耍。

我脱口说：他玩耍了吗？

他说：孩子的每门成绩经常都是全校第一名，稍微降一点，他会哭，他把所有的力气和时间都花在功课上了，孩子的爸爸妈妈很后悔。

我说：后来呢？

他说：后来，不知谁发起纪念那个孩子的活动，每年这半个月，允许孩子们玩，痛痛快快地玩。

我想到，许多孩子并不知道其中的原因，一个不会玩的孩子换来了孩子们的玩。

冷水浴

我和他共租这套三室一厅的住宅。主卧室空着，房东偶尔来住。我租朝东的这间，他租朝西的那间。据说朝西那间曾是房主的储藏室，估计六七平方米。我这间十多平方米。

已住了一年，我连他姓什么都不知道，也不知道他在哪个企业打工。我们早出晚归，保持着“鸡犬相闻，老死不相往来”的状态。虽然共用一个卫生间，但他去我退，我去他让，而且各自关住自己的门。一年四季，他每天都冲澡，冬天也坚持冷水浴。

时值初冬，我归来，他竟闻声走出自己的房间，接着不停地在客厅里走动，像寻找什么，又像有什么事儿，如热锅上的蚂蚁那样不安，很反常。

终于，他推开了我虚掩的门。我做出“有什么事儿吗”的表情。他一脸牵强的笑。

他说：你和你女朋友怎么认识的？

我真有他想象的那么年轻吗？我说：我的儿子已经就业了。

他仍在笑，说：十天前，我到婚姻中介那儿交了二百元钱，现在还没回音，艾城的中介靠得住吗？

我说：艾城很讲究规矩，大概暂时发不出适合你的那张牌吧？你可以催一催嘛。

他说：想催，我担心来个托，不催，又实在是拖了这么久。

我说：这种事儿急不得，要不，你去看一场电影吧。

他说：为什么要进电影院？

我想到当年跟媒人介绍的女友约会，就在电影院里。我说：你得熟悉熟悉环境呀。

似乎为了打发等待的时间，他转身就去了电影院。他这一去，我却睡不着了——我很敏感，就等着他进门的响声。弄不好他在电影院里打瞌睡了吧。将近零点，他归来，一阵响响的水声，这么冷，他还冲淋浴。在浇灭向往爱情的欲火？

第二天傍晚，他仿佛汇报“工程进度”。他说电影院购票得排队，有火爆的大片。他在电影院里打瞌睡了，因为怎么也抵抗不住睡意的侵袭，要不是清场时有人摇醒他，他可能持续地睡下去。恍恍惚惚上了街，撞（被撞？）上了一辆电动车，人家还呵斥他“没长眼呀”。他不得不赶到医院挂急诊——伤了脸，破了相。

我看见他额头包着纱布。他实在难以理解，大片中那个人物挨了一顿拳打脚踢，竟然完好无损。

他说急救中心排队，好像伤残病人都是刚从大片中走出的角色。其实，相当一部分是交通事故。接着，诊断排队，取药排队，这么一排两排的，拖到了零点。

他说：大概婚姻中介那里，我也在排队，而女方也在排队，只不过，中介要在双方的队里选择最适合结合的人选，可是应该来个信息呀。

我想到旧版电影《南征北战》中的一句台词，那是发起总攻前的宁静时刻，我说：没动静就是快了。

他说：我在排队中培养了耐心。

第三天，他回来，我刚冲了淋浴，而且，他换了一套崭新的服装——那羽绒服显然第一次穿。

我自顾自地开门，担心一搭上话就会没完没了，我对他兴奋的话题已漠然。

他说：婚姻中介已来电话，我要去约会了。

我说：祝你成功。

随后的三天，他都穿着那件羽绒服兴冲冲地出门，像冬天里的一把火。三天后，他迟迟未出门，拦截住我——我准备进卫生间。

他说：艾城的女人很吃香呢。

我说：不至于吧？

他说：好像那天晚上我去急救中心排队，我约会的时间花在排队上了。

我说：一鱼多吃，难道一女多许？

他说：那姑娘可能跟好几个男人在约会，有点像跑片，还没轮到我"放映"，我能感到是在排队，只是不知排在前边的是谁。

我说：恐怕是在考验你的耐心。

他说：我已经受了排队的考验。

我说：你又去看电影了？

他说：我在看这个月排片的情况，售票处已没了排队的景观了。

我说：女人像大片。

夜晚 9 点或 10 点，他归来，之后总是冲一个冷水浴。有一天，我听见“哗啦啦”水响声，他竟吹起了口哨——王洛宾那首《掀起你的盖头来》。一定有戏了。

接着的一天，他准备出门，说：终于排到我了。

他和她去了电影院，看的又是大片。他提前排队购了票。那个大片宣传的声势造得很大。战争加爱情，一个很俗套的故事，用了最先进的制作技术。他告诉我，他终于克制住没打瞌睡。他担忧的是，电影院约会，还有大片替他掩护着，要是单独俩人交流，该说什么，怎么说？

他仍然去电影院，仍然冲冷水澡。我期待哪天他不冲冷水浴。

躲得过初一，躲不过十五，要是女方厌倦了电影，他将如何应对？

他透露，女方竟对他额角的伤疤产生了兴趣（像地下工作者对上了暗号那样）。他也发现，她的刘海（像瀑布）里遮盖着一个疤（胎记）。一个后天的疤，一个先天的疤。她选择了他。他似乎有了信心，说：电影院里约会蛮好。

他已透露他的年龄：三十六七。我怀疑他的实际年龄还要大，因为，一个男人怎么讲一个自己含混的年龄呢？

他不知她的住地，也没带她来他的住所。而且他在电影院已打瞌睡了。不去电影院，还能去哪儿呢？

我想，他绝对不会让她发现他的现实：储藏室。仅能摆放一张单人床的储藏室。

有一回，他在通电话，不像跟她，他泄露了自己的姓，是“凌”还“林”，我倒倾向他姓“凌”。

他不再穿那件羽绒服了（像演员的服装，收藏起来了），但是，每天仍坚持冷水浴，冲的时间延长了。不再听见他吹口哨（吹得多好呀）。

我躺在床上，听卫生间莲蓬头传来的水的喧响，仿佛冷水浇在我身上。想必，他没戏了。那共同拥有的“疤”还是没能延续俩人的关系。

刘长发的头发

刘先生跟大多数男人不同：清晨，去上班前，他不是刮胡须，而是修头发。

他对着镜子，旋转着脑袋，修剪着一夜之间长起的头发。他拥有一头又黑又浓的头发，像是营养过剩。

不过，跟头发形成鲜明反差的是他的嘴巴周围。下巴周围缺乏什么？胡子。他没有胡子。由此，大大降低了他的信誉度，因为，嘴上没毛，办事不牢。

他也试图改变这种境况，采用剃须刀不断地刮没毛的下巴颏，但成效甚微，那里始终是不毛之地。他的岗位由此决定，企业里最苦最累的活儿总是派给他。时间长了，他便认了，谁叫自己嘴上没毛呢。

这样，他便获得了任劳任怨的美誉。表扬归表扬，活儿归活儿。好像他就是干那种活儿的料。

有人说：他把长胡子的营养都转移到长头发上边了——“生态失衡”。他的父母替他发愁，吃下去的食物好像都去支持头发的生长了，身体的肉跑到哪去了？

姑娘一见他的头发，就对他失去了兴趣。据说，女友几乎能看见他的头发往上生长。女友声称自己简直像草地上的羊羔，要被他的头发遮蔽了。夸张的说法是他长出的头发像蚕丝一样缠绕起了女友，差一点成了茧子。

于是，刘先生获得了个绰号：刘长发。他不留长发，每天第一个节目是修剪头发。晚上，最后一个节目，临睡前他也修剪长发。没有恋爱的日子和企业正常生产的日子，他的头发明显地生长迟缓。

他临睡前修剪的头发，是白天干活留下的痕迹，这跟恋爱的头发样态各异。

刘先生将失恋的痛苦转移到工作之中。恰巧，他所在的企业接了一个外贸订单，时间紧急，质量要求严格，得加班加点。

厂里实行计件工资制，超额有奖。刘先生的那个环节，远远超出了整个生产流程的定额。如果整个生产流水线配合住刘先生的进度，那么就可以按期交货了。

厂长立即抓住了刘先生这个先进典型，号召全厂职工向他学习。

面对流水线的产品，刘先生已忘了失恋的痛苦，仿佛那一个一个半成品，是爱的见证，一个一个都“过去”了。然后包装、入箱，贴上了产品的商标。他倒是获得了成就感。

甚至，刘先生感到自己“空了”，因为他过于投入那场恋爱，几乎掏空了自己。半成品一个一个源源不断地过来，容不得他思考——什么也不想，只是机械地重复同一个动作。

不知什么时候，车间主任发现刘先生失踪了。起先还以为他去上厕所。

各个车间和户外的喇叭都在呼唤刘先生。他那段生产流水线不得不暂停。

有人猜测，是不是刘先生的女友来找他了？也有人否定，他的女友害怕他的“长发”缠绕，谁愿意当茧宝宝呢？

车间主任说：嘴上没毛，办事不牢。

刘先生再次出现，差不多过了一个钟头。职工察觉他有点异样。哪里，当然是头发。

有人说：去相亲了？

也有人说：准备去相亲吧？

那修剪过的头发又黑又亮——苍蝇停上去，恐怕也要拄拐杖。

厂长闻声赶来，说：不打声招呼，跑到哪儿去了？

刘先生指指脑袋，说：理发。

车间主任说：理发？亏你做得出？去哪儿理发？

刘先生说：当然是理发店。

厂长说：你看看，全厂上下，全力以赴，都在赶外贸产品，你擅自离岗，去理自己的头发？

刘先生挠挠后脑勺，说：我这颗头，进了厂，就属于厂里的头了。

厂长说：产品是企业的，脑袋是自己的。理自己的脑袋，应当在下班以后。

刘先生说：可是，我的头发是在上班期间长起来的呀。

车间主任说：完全可以等到下班以后再处理。

刘先生说：长发已影响到我正常操作了。

厂长说：有这么严重吗？

刘先生说：早晨，我修剪过头发，可是，下午头发疯长，遮住了我的视线，我越拼命地干活，头发就越使劲生长，不去处理，头发可能造成工伤事故，你不是强调安全生产、安全第一吗？

厂长笑了，说：怪不得叫你刘长发，好，不予追究，继续操作，当前是生产第一。

刘先生说：厂长，我有个要求。

车间主任向他使眼色，说：已经放你一马了，你倒来劲儿了。

刘先生说：我认为，计件工资对我来说不合理。

车间主任说：你还要怎样？

刘先生说：我要求，我要头发的长度和报酬的多少挂钩，我计算过，我站在生产流水线操作，付出和头发的生长有个比例，每一个产品过了我的手，都会体现在头发上，今天我的头发长得特别快，所以不得不采取临时措施，今后我会将理发工具带来，那样可以节省时间。

厂长当即拍板：刘长发计划单列，按头发计酬。

艾城的媒体，不知打哪个渠道获悉“头发计酬”的奇事，及时刊出了新闻，并称之为“制度创新”。

记者见到了刘长发那次“疯狂的恋爱”后留作纪念的头发——爱的见证。它跟刘长发在生产第一线“疯长的头发”，无论硬度、光泽，完全是两种形态。这一点，刘长发还未作过对比。

打个比方说，刘长发的头发，在恋爱季节像施了有机肥，生产时候似施了无机肥。前者，他不感觉累，有点“飞翔”的感觉。后者，他说累得回家倒头就睡，第二天还缓不过劲儿来，身体像个倒满了疲劳的垃圾箱。

落叶

我来告诉你，我捡钱的故事。钱先生伸出三个手指头。三次，他拍拍胸脯，说，钱来找我。

第一次捡钱，他刚念小学一年级。那是艾城唯一的一个露天电影院，在无数双手探入放映机的光柱里，手影投在银幕上，成了各种小动物的剪影，有兔子，有老鹰，有小鸟。

那时，他把脑袋伸进光柱里，去干涉老鹰叼兔子。可是，他发现许多小孩嗑瓜子、吮冰棍，而他的手和嘴闲着。他坐不住了，用腿跑替代嘴馋。他在过道、幕前蹿来蹿去。

于是，他一眼发现地上有一个纸团，而且，他认定了那是一卷纸币。纸币安静地躺在光线暗淡的地上。大概遗失者掏香烟或手帕时把钱带出来了。他弯腰捡起，还在担心有人看见。

那当儿，小男孩不停地追逐，入场的大人在寻找座位号。他觉得电影院里所有的人都可能注视了他捡钱。凭手感，他判断有很多很多的钱。妈妈从来不给他零花钱。

他立刻钻进拥挤的人群里，像小孩进了一片树林，因为捏得太紧，他的手心出了汗，他已经有了明确的定向：炒货地摊。

他抽出最外边的一张，像剥笋一样，摊主给了他两杯葵花子和十粒糖。

然后，他混入人群，像放弃炭火一样，丢下了那由分角组成的一卷纸币。那对他来说已是不知如何处理的“巨款”了。他害怕它牵连了他已获得的零食。

他坐回座位，突然乖起来，安静了，他嘴里含着一粒糖，不敢嗑瓜子，生怕妈妈追问。他记不起那天放映的电影，他恨不得早点离开电影院。

第二天，他嗑完了又香又脆的葵瓜子，又懊悔自己轻易地丢弃了那一卷纸币。他用算术去换算可能丢弃了多少瓜子和糖。

他说：捡到钱，我害怕，丢了钱，我怀念。那是一个从来没有掌握那么多钱的小男孩。

纸币会以什么方式出现？风。他上初中一年级的一个秋天的傍晚，他坐在门前看书。

妈妈说：趁吃晚饭前，你抓紧学习。

其实，他把一本小说《西游记》的封面包了与语文课本同样的封皮。起风了，风赶着落叶，在地上打旋，然后来到他的面前。

奇怪的是，突然平地起了一阵风，落叶贴着地面发出窸窸窣窣的响声。

他惊喜地发现，连滚带爬的落叶里有一张十元纸币，好像落叶簇拥着它来到他跟前。他认为是风鼓动落叶掩护这张纸币，似乎是对露天电影院那一次丢弃的补偿。他甚至认为，那一卷纸币要是能换成十元面额的纸币，一定等同风送来的这张。

他捡起来，风就停了。他双手拿着那张纸币，对着夕阳余晖，像是在验证它的真伪。阳光透过纸币，纸币里隐约现出的一个头像看着他。

他把纸币当书签一样夹在正阅读的那一页。那以后的数天里，他都心不在焉，每当起风，他就观察着风携带或驱赶的落叶、纸片，他甚至想，落叶摇身一变成了纸币。

他等待风，观察风。唐僧西天取经，就停在他夹纸币的那一页间。

邻居以他为榜样教导孩子，说：你看钱哥哥学习多用功。

夜里，他做了一个梦。风吹过，树叶喧哗，他一看，满树是纸币而不是树叶。他爬上树，纸币又成了绿叶。接着，他坠下树。惊醒。

高中毕业，考入大学。大学毕业，他进了一个工程监理公司。他很内向，整天心事重重的样子，走路总是看前边两三步远的地方，好像始终在寻觅遗失之物。

那个夏天，艾城出现了罕见的持续高温天气。一天中午他没睡午觉，打算去书店选购几本小说（他的胃口已转向写实类的小说）。

单位可以开进车的铁栏栅大门关闭了。他打小侧门出去，门前是个缓坡，通向大街。

他突然刹住脚。先望望前边，又看看后边，没有人影，再左右看看。左右两边是两幢楼房，一扇扇窗户，在他眼里，是一只只眼睛。

他说：我总觉得窗背后有一双关注我的眼。

阳光直射，可谓“光天化日”之下了，他脚前一步远，有个黑色的皮夹子，很精致，皮夹子鼓鼓囊囊，外边有个商标：一条鳄鱼。

他佯装弯腰系鞋带，顺手捡起了钱包，起身的时候，又去望那一扇扇窗户。

他说：当时，阳光刺眼，像无数盏聚光灯。

他仿佛立在舞台中央，忘了台词，忘了动作。他总觉得某一扇窗后有一双眼在注视着他的一举一动。

他甚至怀疑，有个人故意把这个皮夹子放在显眼的地方，来考验他。他最近在准备竞争一个中层管理岗位。

于是，他喊：谁的钱包丢了？

他放弃了此行的目的，折回单位。他担心起皮夹子因为他的疏忽会丢失了什么。他叩响了头儿的门。

他说：我在大门口捡了个钱包，我没打开过。

头儿莫名其妙地说：你和钱包邂逅了，好事呀。

他本来想说“钱来找我”，不过他说：凑巧。

于是，他想起小学、初中两次与钱邂逅。事不过三。

那个皮夹子的主人是钱先生的竞聘对手。无意之中，钱先生的拾金不昧在道德上加了分，尽管竞聘的项目没有涉及道德的内容，但评委还是在口试时给了他高分。显然包含了道德的成分。何况，那个岗位确实需要具备这样素质的人——见钱不眼开。

钱先生说：要是我把捡皮夹子的心境说出来，要是我把前两次捡钱的经历说出来，恐怕我的形象就要大打折扣了。

物归原主。那个皮夹子的主人落选，却与钱先生的关系近了，热情地要请钱先生吃饭。因为，皮夹子里装着身份证、银行卡，还有五千元现金，夸张地说：丢了皮夹子，我就寸步难行了。

钱先生婉拒了邀请，他习惯了和别人保持距离。他说：还是不要破费吧。

排除

吴先生早已具备了结婚的物质条件：一套三室一厅的房子。而且，他已三十好几岁了。

前来拜访吴先生的儿时玩伴说：你当时要是定下那门婚事，现在，你的孩子跟我的女儿一样都念小学了。

吴先生无奈地笑笑，说：顺其自然吧，现在这样有什么不好？我要是娶了老婆，吴二怎么办？

吴二是吴先生养的一条狗，据说拥有高加索的血统，又高又壮。

朋友说：宠物狗和老婆并不矛盾。

吴先生说：吴二，无二也，容不得第二个，我了解吴二。

朋友说：老婆和吴二毕竟有差别。

吴先生说：这我明白。

说着说着就说到儿时的乐趣。他俩碰到什么事儿，有了什么秘密，总喜欢拉钩：拉钩上吊，一百年，不许变。他俩的友谊延续至今。

朋友起身要温习拉钩，因为要给吴先生介绍女友，要求吴先生保证要当一回事儿来对待。

吴先生指指客厅迎门的墙壁上的一幅字：君子动口不动手。

朋友还没理解那句话的真谛，伸出了手，说：和女友相见，可得又要动口又要动手呀。

这当儿，朋友感到有一个影子蹿上来，还没等他用手去勾吴先生的手，双爪已搭在了他的肩膀，他感觉到一股热乎乎的气息。

吴先生呵斥道：吴二，休得无礼，一边去。

朋友顿时出了一身冷汗，无力地坐下。

吴先生说：这幅字不是在提醒你吗？这类似交通警示，严禁闯红灯，有弯道请减速。

朋友说：原来如此，我还以为你自勉呢。

第二天，朋友陪着一个姑娘登门。当然，朋友叮嘱了一句：君子动口不动手。

那姑娘看上了吴先生，况且这套现成的房子可是理想的爱巢。姑娘二十八岁，她想尽快把自己嫁出去。

姑娘频繁地光临，而且，按照她讲卫生、爱清洁的习惯，整理着吴先生这套房子，时不时引进一些小装饰、小摆设，这套房子里逐渐有了女人味儿。

不过，与姑娘仅限于谈情说爱。虽然她发出了种种暗示，可是吴先生似乎反应迟钝。她和他确实谈得很投机，而且她还惊喜地发现，双方之间有着诸多共同点，这将构成日后生活的基础。

姑娘的头脑中时常闪出一个词语：隔膜。好像还有一层纸没捅破，她也意识到，接触一个来月，始终局限在交谈之中。她期望吴先生的一个亲吻、一个拥抱，甚至，她想：这么笨，一个伪君子。

俩人相聚，吴二始终陪守在一旁，蹲着，像一尊雕塑，它支棱着耳朵，谁说话它注视谁，仿佛能听懂人类的爱情语言，它显得温驯、安静。

终于，姑娘拥抱了他。她曾说：我喊山过来，山不过来，那么我就走向山。

可是，一个黑影跃过来，还伴着咆哮，她闻到扑面而来的猛兽的气味。是吴二。

她喊：救命。

吴先生反应过来，怒叱道：吴二，休得无礼，一边去。

吴二顿时垂下尾巴，像犯了错一样，灰溜溜地回到原来的位置。

吴先生问：伤着了没有？

姑娘好一阵才哭出来，说：我受不了啦。

吴先生说：你看你看……是我伤害了你。

姑娘止住哭，严正地说：你是要狗，还是要我？

吴先生说：我可以调整吴二和你之间的关系。

姑娘竖起三个指头，说：三天里，你做出选择。

其间，朋友来劝说：你的生活，不能没有女人，你总不能和吴二生活一辈子吧。

吴先生和吴二聆听着。

朋友还说：世上只有藤缠树，哪有树缠藤，人家主动了，已经表明爱你爱得深，你为人家放弃一条狗都拿不定主意，你说句掏心窝子的话，你爱不爱人家？人家可等不起。

吴先生说：爱！可是你不要老是狗呀狗的，要叫它吴二。

朋友说：你看，你还是转不过弯来，一根筋，关键时刻你又犯糊涂了。

吴先生说：折中的办法，我和她去卧室，吴二待在客厅，我会反锁住卧室门，决不让吴二越雷池半步。

朋友说：按吴二的习惯，这不是长久之计，它能容忍你俩同床共眠吗？

这次恋爱告终，吴先生反倒冷静下来。不过，衰老的担忧时不时笼罩着他。他在镜子里观察自己，已经出现皱纹了——眼角那爆炸型或辐射式的皱纹。

那天，他专注地观望着镜子里的另一个他，两个人同时用同样的口型说一句话。他想到关心他的那个儿时的玩伴。

吴先生想到拉钩的承诺和童趣。他伸出手的同时，镜子里的他也伸出了手。只不过，在镜子的表面，两个手指相对着顶住了——伸不进去，也伸不出来。

一个黑影出现在镜子里他的身后，吴二腾起，扑向了镜子，在一阵破碎的声音之后，镜中的他和吴二消失了。碎片落在地板上。

吴先生大喝一声：吴二，休得无礼，一边去！

大概吴二疑惑另一个他和另一条狗经它这么猛扑，怎么不见了？它蹲坐着望向那原先悬挂着镜子的墙面。

那个失却镜子的墙面，从此空着。吴先生的房子里不再有镜子了。

启蒙教育

小偷推开半关着的窗，避开窗台上的一盆兰花，轻捷灵敏地跳进屋内。他刚拉开立橱的抽屉，正欲翻动，突然，他愣住了。

房主立在他旁边。

小偷连忙说：我以为屋里没人，哦，我口渴。

房主说：你刚才打哪儿进来？

小偷指指窗户。

房主追问：那叫啥？

（小偷犯嘀咕了：今天算我倒霉。）

小偷说：我本来……可是我想图个方便，就……就是口渴，这天气真够热的呢！

房主招手。小偷乖乖地跟着他走近窗户。房主指点着窗台，说：你念一念。

小偷去瞅，脱口念：床（cháng）。

房主一摇手，说：不是床，是窗，chāng，阴平声，不是阳平，你上过小学吗？

（小偷疑惑：这主给我设什么圈套？）

小偷说：上过吧。

房主玩魔术似的亮出一根细棍，敲击着窗台，说：chuāng，跟我念。

小偷便模仿房主的口气，去咬那字母声调。房主收起细棍说：记住了？

小偷机械地点点头，说：记住了。

房主：跟我来。

小偷呆立着，没动。

房主回首，见小偷没跟过去，说：你不是口渴吗？

小偷仿佛恍然大悟，说：对，对，嗓子要冒烟了。

来到客堂间。房主用细棍敲击三下方桌，说：这叫什么？

（小偷霎时想起刚入小学看图识字的情景，他端详着房主的脸，像是要极力拨开皱纹发现当年老师熟悉的脸庞。）

小偷说：课桌。

房主失望地摇头，说：桌子按功能可分为课桌、饭桌、讲桌、会议桌……你还能列出什么吗？

小偷糊涂了，只是鸡啄米似的点头，连说：是，是。

房主说：这究竟是什么？

小偷说：饭桌，对，吃饭的桌子。

房主倒来一杯水，像是奖赏。

小偷“咕嘟咕嘟”一口气喝尽，过急，竟呛了一口，仿佛感动了，眼泪、鼻涕都溅出来了。

房主说：你跟我来！

（小偷又犯嘀咕：这个主到底要弄什么名堂？）

一前一后，走出门，站在院子里，离门仅三步远。

房主拿着细棍指着门，说：这叫啥？

小偷说：秃子头上的虱子——明摆着的嘛。

房主板着脸，说：明摆着？可是，你刚才从哪儿进来的呢？你还不耐烦了？半瓶子醋就晃荡，你来。

小偷说：请您多多指教，多多指教，不敢不耐烦。

走近门。房主用细棍点一点门板上的字，说：你念一念让我听听。

小偷瞅着“門”字，说：是念“门”吧？

房主说：你肯定地念一遍。

小偷脱口出声，仿佛是牛哞，含含糊糊地念了，似乎有点吃不准。

（小偷想：今天我要栽在一个难缠的高手这儿了。）

房主说：你忘了？mén，阳平声，你跟着我念。

小偷去艰难地咬那字母，却念出阴平声。

房主说：一起念，别拉开队列，来，mén。

小偷模仿得很地道。房主说：还算到位。

（小偷有点自豪，跟念小学那时在课堂上受到老师表扬那样。他又忍不住念了三声，有点炫耀的味道。）

房主一挥棍，如同指挥一个乐队，说：前头，你从哪儿进来的呢？

小偷念：chuāng。

房主说：窗有什么功能？

（小偷想：这个主，葫芦里到底卖什么药？）

小偷索性一声不吭。

房主说：窗在墙壁上，是通气透光的装置。

小偷只有点头应和。

房主说：窗有窗帘、窗棂、窗纱、窗扇、窗台、窗玻璃。

（小偷想：这个主肚里还真装着一些没用的货。）

小偷来了劲儿，说：窗台上有兰花。

房主瞥了他一眼。

小偷缩缩舌头。

房主说：你说说门的功能，我是专指屋子的门。

小偷立即说：进进出出的口子。

房主说：谁进出？

小偷咬住嘴唇。

房主说：门有门板、门鼻、门环、门轴、门槛、门框、门楣……

（这不是用一个字组词吗？）

小偷抢着说：还有门牌。

房主说：我看你，说啥啥都懂，现在你退后七步。

（小偷想：现在，他该动真格的了？）

小偷像操练一样，一步一步，退出七步。

房主说：你面对着什么？

小偷说：mén。

房主说：现在，你知道该怎么进入一间房子了吧？

（小偷心里还悬着：接下来，他会怎么处理我？）

小偷说：知道了，知道了。

房主摆摆手，像是扇一只苍蝇。

小偷是一副期待的表情，但立即反应过来，拔脚往院门奔。

房主喊：你停一下。

（小偷想：街上那么多来往的人，就是逃也难逃。）

小偷垂头丧气地站住，他几乎要跪下来求饶。

房主持棍指着门，说：记住啦？

小偷连忙说：记住啦！

房主说：不是你家的门，未经允许就不能擅自进入。

小偷说：知道，记住啦！

出了门，小偷舒了一口气，却纳闷，这个主倒有趣，没计较他偷窃的事儿。他忽然想起，房主手里的细棍，不就是当年地理老师手里的那根教鞭吗？

气球

这是艾城一个杂志社的执行主编告诉我的故事。关于梦想的气球一旦被吹大的故事。它会膨胀，升起，他说。

主角是个修自行车的男人。有人推来自行车，他还是照常闷头修手里的那辆自行车。话不多（摆在那儿吧，他会指定一个停放位置），附带给对方一个片刻微笑的表情。他会告诉客户多久来取。要是客户要求加急，他会暂时搁置正在修理的那辆，立即承接刚来的这一辆。一般情况，他讲究个先来后到的顺序。

他这个修车铺，门面狭窄，前店后宿，一家三口住一间后屋。铺子里摆的净是自行车的零部件，新旧都有，门口悬挂着自行车的外胎和内胎，就算是招牌。他的客户基本上是街后边十几幢住宅小区的居民，隔两个店面有一条小巷，早早晚晚，小巷里会传出自行车的铃铛声。要是有陌生的面孔，他看得出，对方会等待他当即修好故障自行车。递给他香烟，他会往耳朵上一夹，香烟就会沾上隐隐的油渍。这条街，算不上热闹，也不能算冷清。客户相对固定。

他的妻子给人家做钟点工，服务对象也住在街后边的住宅小区里。女儿在附近的一所小学上学，早晚接送都由妻子承担。他的事儿都在铺子里，别看生意不是那么红火（自行车不可能都同一个时间出故障），收入来源倒也稳定。按他的说法：饿不了也撑不死。他和妻子都是过日子的那类普通人。能这样就满足了。平平常常是福呀，这是他妻子的口头禅。

看上去，他有点心思。空闲的时候，他不去想自行车，想了也不会来，不想了，该来的自会来。他会拿起一本书或杂志，修自行车的男人看一本文学书，还是纯文学，里边有诗意、浪漫，一般人不理解。他不但看，而且还写。坐在摆满了零部件的玻璃柜台前，他写些文章，他不讲究是小说，还是散文，反正想起他记忆中的什么事儿，觉得有趣，就记下来了，像是生怕遗忘了。写了，他想碰碰运气，期望看到自己写的文章出现在报端。小小的愿望，如此而已。

他订了市内的晚报、日报。常常去琢磨，认为自己的文章也不会比那上边的差多少。孩子总是自己的好。自认为写得好了，他会奖励自己一杯酒，或一包烟（比平常的档次稍高些），他自语：这算是稿费的预支。

他寄出了文章。邮筒距离铺子不远。他会望着街对面的邮筒，作绿色的幻想，仿佛他的文章是一只飞出绿树的鸟儿，飞向蓝天，落在报纸副刊的田野里。他已数次自己奖赏过自己。

一次一次地投稿，像放飞一个一个梦想的小鸟，飞呀飞呀。不过，他仍坚守着铺子，一点也不怠慢。反正不耽搁修理的活儿，妻子不在意他捣鼓文字。这么安分的丈夫，还说什么？有一点爱好也好。

这一天，他梦想的气球被充气了。他几乎已不抱什么希望了。他看见了署着自己姓名的文章出现在副刊文学版（末条，巴掌大一块）。他看了好几遍，似乎不相信那是自己的文章。确实，已被改得面目全非。

他去拜访副刊编辑。副刊编辑是我认识的杂志执行主编的同学。这位副刊编辑鼓励了身上散发着废机油气味的作者。当然包括有执着、有前途之类的关键词的话语。

副刊编辑希望自己编的版面，不能总是采用固定的几个老作者的作品，他也尝试发现和挖掘新作者。他信笔改了修自行车的男人的来稿。不断来稿，他也动了心。发一篇，促一下，或许是一颗文学之星。

文化新闻的同人获悉这件事儿——作者是一位自行车修理匠，及时配合了报道，还去铺子拍新闻图片，字里行间传达出“新星”的意思。

这个男人的梦想气球被吹圆、吹大了。他从来没上过报。那些老客户路过时，表示了惊奇的祝贺和热情的赞扬。

没过多久，他收到了一个民间机构的信函，说是已把他列入华夏文学名家大辞典，要他提供简历、照片，当然要交纳工本费（购若干本大辞典）。他及时汇寄了工本费，很快便寄来一本证书。又附带一个贵宾邀请函。那盛大庆典的贵宾名单里，有他仰慕的著名作家。他暂时拿不出那笔钱，会务费、住宿费、奖杯制作费，还不包括火车票。

他的妻子拒绝支付这笔费用——会把家底抽空，养孩子、过日子，怎么办？妻子掌管着家庭财政。

他说：头发长，见识短。

发表了一篇作品，他来了劲儿。他一门心思扑在文学上，铺子时开时不开。有时，他来了灵感，索性拉下卷帘门，躲在铺内写，写呀写呀。

写完了，工工整整誊抄在标准稿纸上。那是副刊编辑赠送的稿纸，以示鼓励。副刊编辑介绍他去拜访一位纯文学半月刊杂志的执行主编。

有同学的招呼，加之是第一次投稿者，还登门送稿，执行主编自然热情，当即阅了一沓稿子，感觉似乎跟“新星”（有大辞典证书的复印件为证）这个说法相去甚远。执行主编也想发现“新面孔”（杂志上不能总是几个老作者呀）。

执行主编婉转地鼓励他，什么有潜力、有希望呀，还有勤奋、目标之类的。

说者无意，听者有心。那个梦想的气球又大了。老客户推着自行车来，时常吃闭门羹，纷纷另寻别处了。

妻子跟他吵，他嫌烦。妻子说：文学不能当饭吃，你发表了一堆蚂蚁爬的字，就忘了自己是什么了？这日子没法过了。

妻子带儿子回了娘家。铺子关闭了，妻子跟他离了婚。他埋怨妻子理解不了他：总有一天，你会后悔，一定会后悔。

除了没日没夜地写作，他还在艾城的报社之间的奔波。他嫌人家不识货——大辞典都认可我了。那证书的原件，他随身携带，随时展示。同时，他给政府有关部门和文学团体写信自荐（附证书和报道的复印件），请求帮助和关注。

可是他的文章，出现一次，再无刊出。文学的道路曲折艰辛而又漫长，他对当初发现他的副刊编辑发出无限感慨。

编辑、主编都在应付他，躲避他。连门卫也熟悉他：又来了？！

各个杂志的主编，他见不着，均被告知：不在。其实，他捕捉到了门里边的响声。他的听觉发达起来。

他说：这些人吹大了我这个美丽的气球，把绳子给丢开不管了，可我照样能飞。

我对执行主编说：这样推来推去不见他也不是个办法，索性直接提醒他嘛，他不是块文学创作的料儿，不是金刚钻，别揽瓷器活儿。

执行主编担心（指指脑袋），要是真的去点穿了，气球爆裂，他可能承受不了（做出一个瘫倒的姿势）。

妻子离去，女儿跟娘，铺子关闭，居无定所，要是压上最后一根稻草，这头骆驼非倒下不可。我说：不可轻率点燃一个小人物的梦想，尽管每个人的心灵深处都潜伏着梦想。

我几次在杂志社的走廊里遇见他来回探头或叩门，他声称一定要见主编，因为主编能拍板。他对其他编辑不屑，不是怪不识货，就是说没权力。他的身影频繁地出现在艾城出版报纸、刊物的办公楼里，简直像个幽灵。

他的衣裤总是同一套，留着洗不掉的油迹。他挎着一个包（据说是女儿淘汰下来的书包），里边始终装着稿件、证书、报道（配图片）和贵宾邀请函。

有一回，他在楼梯口一一展示给我看。那稿纸已起皱了。我说我不是杂志社的人，我只是来看看朋友。

他说：这里边的人很势利。

我恳切地说：你写归写，生计也要紧，自行车还要修。

他发誓似的说：既然我踏上了文学道路，我一定要走出点名堂来，我没退路了，你带我去拜访你的朋友吧。

我说：我跟朋友谈点私事，跟文学无关。

他白了我一眼，遗憾地下楼，像踏上新的征程。肯定又满怀希望地前往另一个杂志社。

圣诞礼物

滕刚站在艾城快乐玩具城前，手机响了，是玩具城老板姚快乐打来的。他说：怎么样，你看？

滕刚说：我刚到，还在看。

姚快乐说：开业半年，不知怎的，生意一直清淡。明天是圣诞节，你给我策划一下。

滕刚面前的玩具城，外观看起来像古城堡。他的目光聚集在墙体半腰悬挂着的一个人上。那人正在清洗外墙。墙体像悬崖，那个人很渺小。

姚快乐继续说：你看，时间这么紧，要筹备什么？

滕刚虽然听着手机里的话，但是他觉得墙上的那个点，不但牢牢地吸引他的目光，而且滕刚的身体似乎在化为碎屑，向那个黑点飞过去。他知道自己有恐高症，好像是他悬在半空中一样。甚至他听到那个黑点发出了歌声——哼着一支民歌。

滕刚说：你准备一套圣诞老人的服装。

姚快乐说：这够了？

滕刚的注意力渐渐从那个黑点脱离出来，说：哦，还要在《艾城早报》刊登一则广告，在报眼的位置。

姚快乐说：怎么写？

滕刚说：圣诞老人自天而降，向艾城的小朋友赠送圣诞礼物，快乐的惊喜！当然，前200名小朋友可以得到圣诞礼物。

姚快乐说：我派人马上去早报落实版面。

滕刚说：哦，外墙清洁工一天劳务费多少？

姚快乐说：50元。

滕刚说：明天给他100元。

姚快乐说：好哇！

滕刚合上已发热的手机。第二天早晨，滕刚起床的时候，太阳已升起，到了陌生的地方，他容易失眠。姚快乐起来陪他用早点。《艾城早报》的报眼已经登出了显眼的广告。姚快乐说：万事俱备，只欠东风，圣诞老人真会自天而降？

滕刚说：天机不可泄，我担心玩具城挤不下涌来的顾客。

姚快乐说：没问题。

下午两点半，玩具城已挤满了人，都是爸爸妈妈、爷爷奶奶或外公外婆陪着小孩，变魔术一样出现了。玩具城前面交通拥堵，似乎全城的出租车、私家车、自行车都驶向了玩具城。中了魔似的，姚快乐说。

玩具城前边的停车场人头攒动。保安出面维持秩序，调度各种车辆的停放。街灯陆续亮了。红、蓝的灯打在玩具城的外墙墙体上，灯光创造出一种神秘的童话般的效果。大家都像大海里落水求生那样仰着脸。灯光使得夜空一派辉煌。外墙装饰灯的光亮为玩具城笼罩了一层虚幻色彩。

这时，突然传出一个声音，是老人慈祥的声音，那声音在高处回响：小朋友们，我从很远很远的地方特地赶到艾城，我是圣诞老人，我特别喜欢艾城的小朋友。

众人寻觅声音的来源，仿佛声音来自整个夜空。大家安静下来，等待着圣诞老人的出现。

圣诞老人：我带来了圣诞礼物，祝艾城的小朋友圣诞快乐。

大人们已抱起孩子，有的孩子骑在大人的肩头。小孩挥舞着手。

这当儿，站在人群边缘的滕刚拨通了手机说：好，下来。

一个身影从楼顶的灯光中闯出，缓缓地下来，像是腾云驾雾那样，在楼体的半腰，稍停片刻。孩子们欢呼起来，喊：圣诞爷爷飞来了。

很快，圣诞老人降至地面，他说：都有，都有，孩子们。

圣诞老人的身上，像有一个装满礼物的魔袋，一个一个玲珑的小玩具，落在孩子的小手里。

滕刚已贴近圣诞老人。他看见圣诞老人的那双眼似乎走神了。那目光越过无数只小手、无数张小脸，像是在寻找着什么。接着圣诞老人开始向人群外边走，可是围着他的人在不断增加，他挪不动脚。玩具城前边三车道的街面已站满了人。

滕刚注意到一个小孩，由一个三十多岁的妇女牵着。小孩冲着这边喊：爸爸，爸爸。小孩举着手，过不来，圣诞老人过不去。滕刚看出了他们之间的关系。

已经有两个警察冒出来，圣诞老人的胳膊由警察抓着。警察喊：让开，让开。

滕刚知道糟了，他拨了手机，根本通不了话。姚快乐挤进来，向警察求情。警察说：扰乱了交通秩序，还说什么？

滕刚和姚快乐陪同圣诞老人坐上车。车停靠在一个僻静的街道。警察说：圣诞老人不走开，这片街道就会出事。

姚快乐只顾求情讨饶，甘愿受罚。他表示：不关圣诞老人的事，他是外墙清洁工，我没料到会这么热闹。

过后，艾城玩具城的生意红火了起来。姚快乐对滕刚说：你不愧为超级策划大师，一个点子就救了玩具城。

第二天，滕刚证实了自己的判断，圣诞老人果然是想给儿子一份圣诞礼物。他陪着“圣诞老人”的儿子去玩具城补选了圣诞礼物。

那个小孩看中了一个铅笔盒。滕刚顺手往铅笔盒里装满了彩色的铅笔，还有散发着香味的橡皮。小孩乐得像获得了宝贝一样，将礼物捂在胸前。

收购烦恼

这天，一个人出现在这个死气沉沉的街区，他用电喇叭对着楼群：收购烦恼，收购烦恼啦，你有烦恼，我来收购。

这是清晨，太阳还没出来。波听到这喊声，醒了，就烦起来。本来他还想睡个回笼觉。昨晚，夫妻吵了架，他出手推倒了妻子，妻子蹬了他一脚，他索性躺在长沙发上睡。

波推开窗，说：喊什么喊，睡觉都睡不安宁。

那个人自顾自喊：你有烦恼吗？收购烦恼喽。

波没好气，说：走，走，别处去喊。

那个人和气地说：这位先生，你有烦恼，我收进了，你就可以开心了。

波说：现在，真是什么稀奇古怪的事都有，你走开。

那个人笑了，还是继续喊，声音洪亮。

波躺下，再没睡意。那喊声在他耳畔萦绕。他跳起来，有股劲怂恿着他，他穿起衣裤，下楼。

那个人殷勤地朝他笑，说：我知道你会来。

波说：你咋知道我有烦恼？

那个人说：这个小区有一股气息，是烦恼的气息。其实，不要回避烦恼。

波说：我就是让你喊得睡不着了，烦！

那个人说：你这是烦，不是睡不着，你结婚不久吧？

波说：又怎样？

那个人说：你和妻子，吃进的是快乐，可吐出的是烦恼。恩恩爱爱的一对夫妻，何必为一点小事烦恼呢？

波说：我倒是头一回见识，冒出这么个行当。

那个人说：烦恼也是废品，收购烦恼，留下快乐。

波想起昨晚莫名其妙夫妻翻脸，说：怎么收购？

那个人说：便宜，你出十元，我就收走一个烦恼。

波说：还要我倒贴钱，收购纸板箱也要五毛一斤呢！好吧，算我赞助吧。

那个人掏出一个气球，说：你就像吹普通气球一样，往里吹气，早晨吐出的气最混浊、最完整。

波鼓起腮帮子，转眼，吹胖了气球，又付了十元一张的纸币。

那个人说：感觉如何？

波的心像是腾空了堆积杂乱物品的屋子，可他说：就那么回事。

那个人手里牵着一根细绳，绳头的气球升起来，飘在那个人的头顶。

喊声转了个弯。可是“收购烦恼”的声音还是持续不断地传过来。波和妻子坐在桌边用早餐，仿佛没发生过口角。

今天是双休日。波忽然提出去菜场，而且报出的都是妻子嗜好的菜蔬。妻子的脸上一片灿烂。波下楼，远远看见，十几个五颜六色的气球浮着，气球的细绳束在那个人的手里。那个人的身体在往下坠。可那个人还在喊：收购烦恼。

波走过去，疑惑着，一个一个气球里充的都是烦恼吗？如果真这样，波想：人们怎么会有那么多的烦恼？以往，他以为只是他家有烦恼。人多么奇怪呀，本来高高兴兴、欢欢喜喜的，一件小事就让那高兴和欢喜顿时消逝，真像梦一般，甚至，他悲观地想：生活的真实就是烦恼。

现在，波的心情像太阳升起的晴空。他紧步前去，却已来不及，那充满了不同烦恼的气球，将那个人拉离了地面。可那个人还是舍不得松开手。

波仰起脸，希望气球把那个人带到楼顶的平台，只是，气球一个劲儿地往上升。那个人蹬着双脚，有点无着落的样子。居民纷纷赶出来看这个奇观。都说这个人收购烦恼，这下够他烦恼的了。

气球升到半空中，突然一声爆响，随之是一连串的爆响，是气球爆炸了。那个收购烦恼的人像被击中的鸟，一下坠落下来，重重地落地，声音很沉闷。可他落地躺倒，过了一会儿，起身，拍拍土、抻抻腿、揉揉腰，乐呵呵地笑着，随即按响了腰间的电喇叭，电喇叭发出喊声：收购烦恼，收购烦恼啦！你有烦恼，我来收购。

松鼠

设计师安静在艾城C区已纳入拆迁房规划的巷街里转悠，他在寻找设计灵感。他不时听到被拆楼屋的坍塌声。他在一条老街（步行街）的边沿看到了那只松鼠。起初他以为是硕鼠，但很快认定，只有松鼠才有那条毛茸茸的尾巴。

安静立即想到了森林。松鼠似乎在寻觅松果，一蹿一蹿，既敏捷又谨慎。他悄悄接近，把松鼠逼入一个墙角，他用帽子扣住了松鼠。甚至，他闻到了松鼠身上松林的气息。

安静认为松鼠的出现透露了森林的信息。他顺便在花鸟店买了个鸟笼。松鼠在笼中上蹿下跳。他受聘来艾城，曾了解过艾城的历史——艾城曾经是一片森林，人们迁徙过来，连年伐木，一辈一辈的，树光了，城有了。这里可能还保留着一部分森林吧？否则，怎会有松鼠？

森林是松鼠的家园，况且，居民不也是需要森林的吗？他拎着鸟笼

（艾城出售的磁带、磁盘，最热销的是森林主题，那是用声音建立的虚幻的森林，甚至还采用高科技释放出树木的气息），开始走访艾城的其他区域，一路询问，得到的回答都很肯定：这是艾城，不是森林，而且从来没有森林的影子。

松鼠来自何处呢？他揣着孩童般的疑惑。对方不屑地瞧他，那表情似乎在说他的脑袋出了毛病，而且，反问他可是艾城真正的居民？他失却自信，难道艾城的历史上根本不存在森林？一个楼宇林立的艾城，确实看不出丝毫森林的痕迹。

安静曾一度着迷美术。他凭着见识和想象画了森林的草图，随后，他在C区的步行街竖起了巨幅森林图，他注意了细节：树下的草丛里，隐隐约约有数粒松果。笼子里的松鼠面对画，兴奋地蹿跳，像是要挣出笼子。

安静开启铁丝小门，松鼠奔向森林。可是，松鼠进入不了森林，当然也无法上树——那是一个平面的“森林”。松鼠不断地往画上跳，却徒劳地滑下来。松鼠焦急不安地叫着，好像面对一座房子，却找不着进去的门径。

安静欣慰自己手笔尚未荒疏之余，可怜起小松鼠来了。这当儿，他灵机一动，脱口说：何不在这片地方造一片树林？松鼠是他的灵感呀。他将松鼠捉回笼子。

那两天，他闭门不出。他拿出了旧城改造的一个设计方案。C区旧城改造负责人没有当即否定他的方案，毕竟要尊重他呀，只提出方案需公布于众，听取居民意见。很多居民赞成“森林方案”。也有一部分有实力、有权威的人持反对态度，说是“森林方案”将改变居民的性质，我们是艾城居民，不是森林里的游民。还有人指责安静：他的方案是对艾城发展历史的逆反，是“返祖现象”。

最后，形成了折中方案，建筑楼房的时候，辟出50%的地皮用于植树造林，构建艾城的绿色区。旧房拆迁已近尾声。订购的大批大树即将运到。可是这时碰到了问题，安静万万没料到，艾城是个不见泥土的城市，掘了很深，仍是混凝土的地层。他的那个关于艾城起源地是森林的怀疑纯属子虚乌有。或许，只能是艾城居民的一个梦想。

安静离开艾城的时候，携带的唯一物品是鸟笼，笼中装着那只松鼠，它已不再惊慌，不再兴奋，一副随遇而安的样子。安静的想法是，将松鼠送到真正的森林里去。旅途中，安静丢弃了笼子。因为，松鼠已认定了他，他任凭松鼠在他膝盖、肩膀、头顶上上下下地跳蹿，他尽量保持着固定的姿势，想象自己是一棵树。时不时，他嘴里还发出风吹过树林的喧哗声，那样，松鼠就更来劲了。

桃花

A城最年长的阿婆卧床不起了，她的气息微弱。床头摆着一竹篮水蜜桃，这是外孙采摘的。本来这是她的事，又由她去一户一户挨门赠送。院子里的桃树已纷纷叶落，秋风驱赶着地面的叶片，盲目地拥来拥去。

外孙递一个粉红的水蜜桃给外婆。桃子已软，表皮发皱，她连捧也捧不住了。屋外的院内传来争吵声。似乎是争夺桃树的归属，都声称当年是自己的前辈栽植。

阿婆终于捧住了桃子，但桃子却是随时要滑落出她的手那样。她的嘴唇翕动着，似乎要发出声音。她慢慢地撑起身，倚着床头，喝了一口外孙用瓷勺送上的温水。

外孙看到，水蜜桃表皮的皱纹已平展，他接过来时，桃子已硬滑了。阿婆起身，粽子般的脚伸进鞋子。

这当儿，外孙嗅到了淡淡的鲜桃的气息，像刚打树上采摘的一样。

外婆来了精神，颤颤巍巍地走出房门。外婆竟不让他搀扶。外孙以为这是回光返照。

起风了，不知哪儿来的风，不大。石板地面的叶片像羊群一样簇拥着。叶片竟然飘浮起来，如一群惊飞的鸟儿。外婆手里的竹枝扫帚在地上空空地划拉着。外孙几乎叫出来，因为，叶片飞上了树枝。

外婆像轰一群鸡雏儿那样，哦哦哦地吆喝起来。外孙发现，外婆白发渐渐地变黑，染过了似的。他听见屋里有什么东西蹦跳的声音，还没回过神，眼前飞过一群桃子，争先恐后地栖到枝杈上边。

外孙乐开了。一树水蜜桃，沉甸甸地坠满了枝头。外婆去拔刚刚拱出土的青草，可是，青草如同捉迷藏，一缩身子，钻进了泥土里。外婆说：看你们再淘气。外婆拎起吊桶，去院子东隅的一口井汲水。小小的“金莲”点着石板地，很有节奏。外婆的皮肤逐渐红润了，腰板儿也直了起来，发出了外孙常听的像母亲一样的青春的女音。

外孙担心树枝承受不了桃子的硕重，不过，他察觉到桃子表皮仿佛卸了妆，退去了粉红。果实青青，而且像在收缩，眼见着小起来。他想，桃红传到外婆脸上了。

外婆的动作那么麻利。外婆舀着桶里的水，浇着桃树根部那片泥土，还有附近陶盆里的花花草草。她额头挂着的发亮的汗珠，像一粒粒珍珠。

桃子已缩小到指甲盖那般大小，带着绒毛。枝条舒展起来，显出轻松的姿态，悠悠地晃着，仿佛突然卸去了重荷。

外婆却不在意这些。她挑掉一条绿色的毛毛虫。一只母鸡兴奋地赶过来啄食。整个桃树的小青果像被桃树本身吸收了一样，绽开粉嘟嘟的桃花。紧接着，他听见了蜜蜂“嗡嗡”的吟唱，它们在花丛中飞舞忙碌。

外婆摘了一朵桃花。她喊着自己的名字：桃花。桃花似乎害羞了，蜷缩起花瓣，之后便是一树的花骨朵儿。只有外婆手中的花朵还保持着盛开的状态，却也渐渐干枯，风一吹，脱出她的手指，飘落在木花格的窗框里。

外孙喊：外婆外婆。外婆站在他旁边。他打量着外婆。外婆说：怎么，你咋这么看我。他吞吞吐吐地说：外婆，你像个小妹妹。外婆发出小姑娘一样的笑声。

外孙呆呆地看向桃树，那眼神像是在寻觅什么。树上的花骨朵儿连影子也没有了。树叶嫩嫩的，树身好似缩起来，原来碗口粗的树干，却只有他胳膊那么细了。他担心树藏进泥土里，溜了呢。

外孙赶过去，想设法阻止树的行动，树已成了一棵幼树。外婆在培土。外婆说：种下这棵桃树，你等着将来吃水蜜桃吧，多汁、甜蜜。

这时，外孙听到屋里传出哭声，是他母亲的哭声，他闻声奔进屋。外婆平躺在床上，已闭上了眼，脸上凝固着微笑，像在回忆一件甜蜜的事。

他连忙奔到院子，小心翼翼地取下窗棂上的那朵桃花，希望外婆看见花儿能够突然苏醒。他看着外婆一头的白发，梳得一丝不苟。

第二天，A城的报纸，报道了他外婆无疾而逝。仿佛一段历史隐去了。文中称：桃花谢了。

淘气

小淘气一眼就看出面前这个跟他年龄相仿的小孩是天使。艾城的大人都没注意这个小孩。天使已经老了，其实他是一个老头儿，可他喜欢小淘气。况且，老人不是都有点孩子气吗？天使就以小孩的面目出现了。

小孩抛了根头发，一摇，那头发就变成了柳条，柳条缀满了芽苞。小孩说：这么大个城市，没点绿，我来栽棵树吧。

正值冬天的尾巴，街上稀稀拉拉的几棵树上，光溜溜的枝条没有生机。小淘气说：我就不信。

小孩将柳条插在花坛里，说：明天，你再来看。

柳条一插进泥土里，芽苞立即舒展开来。

小淘气说：神了。

小孩约小淘气明天一早来这爬树，还说：树上还会有鸟窝。

回到家，小淘气睡不着，他的淘气劲儿怂恿着他悄悄溜出了家门。

整个艾城已入睡了，街灯冷冷清清地辉映着。赶到那个花坛，小淘气发现柳条已分叉了。他拔起树苗，捋掉嫩叶，拽掉根须，重又插回那个土坑。他很得意。

第二天黎明，小淘气没赖被窝，兴冲冲地跑到花坛，天使也突然出现。不知怎的，天使恢复了老头儿样。

小淘气说：咋样？艾城长不活柳树？

老头下巴光秃了，可还下意识地去摸，说：本来，我还可以和你一起玩耍，你这么淘气……

小淘气指着柳条，说：鸟窝呢？

老头儿干咳起来，喉咙里像是堵了浓痰，咳得脸都涨红了，终于吐出一口痰。泥丸一般大小的痰飞到柳条上，柳条上竟悬挂了一个鸟窝，一坠一坠，似乎细细的柳条撑不住碗口大的鸟窝。

不过，小淘气还是惊喜了，说：有一个鸟蛋！

老头儿说：鸟蛋能孵出小鸟，小鸟能引来春天，明天早晨再来，在这里，鸟会叫出一片树林。

小淘气说：你家有树林吗？

老头儿说：我家就在树林里。

街道，来来往往的人，来来往往的车，谁会在意这一老一少，还有那根不起眼的柳条？

小淘气陪着老头儿逛街，老头儿提出去玩具城。可是一进入玩具城，小淘气便找不着老头儿了。老头儿没踪影了。小淘气知道老头儿跟他逗乐呢，很快，小淘气发现了玩具城里走着的小孩。

他俩一起玩起来，天暗下来，小淘气想到了家。小孩说：明天见。

说完一晃，没影儿了。

小淘气很得意，艾城那么多人，只有他知道天使来了。他很喜欢天使陪着他玩耍，爸爸妈妈整天忙乎，根本顾不上他。小淘气担心有了树林，天使就离开了。他趁夜溜出去，来到花坛。隐隐约约，他听到鸟鸣。

鸟蛋还在鸟窝里。他握着鸟蛋，跑回家，悄悄潜入厨房，打开煤气阀。等锅里的水沸腾了，小淘气把鸟蛋放进去煮了片刻，又把它从沸水中取出浸入凉水。他暗自兴奋：这么做，天使的话就不灵啦。

天蒙蒙亮，小淘气醒了。妈妈问：这两天你咋啦？神秘兮兮的，干啥？

小淘气拿起书包，说：上学去。

爸爸就称赞小淘气，说：懂事了。

妈妈叮嘱他：别惹事呀。

小淘气一溜烟奔出门。小孩坐在花坛边一个劲儿地哭。小淘气有点慌，说：鸟蛋不是还在吗？

小孩一把鼻涕一把泪，说：没有鸟，没有树，你坏了我的事儿。

小淘气哄小孩，说：我跟你一起玩不就得了。

小孩说：我跟你玩不到一起。

小淘气说：你住到我们家去，我跟我爸妈说，你是我的同学，行了吧？

白天，爸爸妈妈不在家。小淘气一个劲儿地介绍他家多好多好，他领着天使一间房一间房地去观看，最后来到小淘气的房间，小淘气愣住了。

迎门的墙壁上挂了一幅画。画里的树上有一个鸟巢，鸟巢里有一只刚出壳的雏鸟，姿态栩栩如生。他问：哪来的这张画？

没人应，回头，那小孩不在。小淘气屋里屋外找了个遍，都没小孩的影子。小淘气猜，自己淘气得过了头，天使生气了。那画，大概是个留念吧。

小淘气回到厨房，听到了鸟叫——屋里，一只小鸟扑腾腾在戏水，再瞧画，画里的鸟已不在了。

小淘气举起手，小鸟竟落到他的手背上，他想去抚摸小鸟美丽的羽毛。小鸟一跃，站在了他的头顶。这样，他追小鸟，小鸟追他。玩累了，他躺到床上，让小鸟停在他的枕头上边。

第二天，阳光照进屋来，小淘气醒了。他看见墙上的画没了。爸爸妈妈不知什么时候已上班去了。

突然，一只鸟惊慌地飞进来。小淘气接住小鸟。

小鸟说：我回不去了，你爸揭走了画，幸亏我半夜飞下来了。

小淘气说：回不去，你陪我，我一定替你保密。

小鸟说：我还回不到老头儿，回不到小孩……那儿。

小淘气说：你还是天使，我不让别人发现你。

小鸟说：我也回不到我家乡了。

小淘气说：我这里就是你的家。

小鸟说：可是，你跟我在一起，你就长不大了。

小淘气说：长不大就长不大。

晚上，小淘气问：妈，那幅画到哪去了？

妈妈说：你爸托人办事，送给别人了，别人喜欢。

小淘气：我要画。

妈妈说：送给别人的东西咋能往回要？小孩真不懂事，不就是一幅画嘛，能当饭吃？

卧底

那天，艾城所有的狗都突然失踪了。像是关掉了喜欢听的音乐，艾城像是失却了一个亲切悦耳的声音：汪汪汪。街上，到处是人寻狗的情景，电台播出了各种寻狗的广告，街道的广告栏里，贴满了寻狗启事，还套贴了失踪的狗的标准照。当天的晚报，推出了寻狗启事专版，一律配发了狗的标准照，像是狗的大型展示。有人认为，这是狗的胜利大逃亡，艾城一定又要发生什么灾难，而敏感的狗们已感到了预兆。人们不得不审视自己的处境，暗自筹备着离开艾城。

当晚，艾城弥漫着浓重的不安气氛，艾城电台娱乐频道播出了一条惊人的新闻，一个自诩为狗类的卧底声称：他在艾城一个冷僻的角落，发现了大群狗在聚会，那个地方早已被废弃，暂时成了被遗忘的角落，但已列入未来的房地产开发重点。

那位卧底认为：狗也有狗的乐趣，过去，人们总是从人类的立场来对待狗，给狗穿衣、美容，还教狗学人类的语言和技巧，狗们已不愿依附人类，狗们要回归狗的本性。

这条新闻很快传遍了艾城，特别是狗的主人（艾城以养狗为时尚），他们发现，自家狗在离开的时候，确实遗弃了主人给它们提供的衣着、铃铛等物品。显然狗已有预谋，恐怕是蓄谋已久。主人们遗憾之前怎么没有察觉，竟然没有发现狗行动的征兆。他们第一次感到被狗抛弃了。

那位卧底在发表讲话的时候，时不时模仿狗的叫声，类似人类的感叹语，却十分自然。他自称：他已进入了狗的世界，因为要当狗类的卧底，首先自己要变成一只狗。他还嗑嗑牙齿，说：这是长期啃骨头的结果。广播里还传出牙齿咬碎骨头的刺耳声音。

主持人追问狗类聚会的主题、内容时，卧底说：这一点，我很遗憾，因为，我听不懂狗的语言，不过凭着对现场的观察，狗们显然在议论一个重大的问题，大狗小狗都在叫，气氛热烈。他还说了一句骇人听闻的话：狗类在酝酿一项重大的行动。

卧底由此推断：人类对狗的认识远远滞后，仅仅是停留在宠物的层面，其实，狗有着人类所不知道的智慧，甚至，艾城是人类的城，也是狗类的城，我们一直忽视了这一点。现在，狗突然集体失踪，这个事件提醒了我们思考应怎样重新看待狗类，当然，我还是疑惑，它们是通过什么方式，那么一致地进行了这次盛大聚会。

听众开始反省，人类也时常聚会，偶尔携带狗，但许多场合，狗不得入内。狗的聚会，是不是人类聚会的模仿？如果是对人类的一种抗议，那就可怕了。没有狗的日子，人是多么难过，多么孤寂。汪汪汪是亲切的佳音。

卧底冒充狗，难道没被狗嗅出人味？这一点，卧底解释道：大概是我被狗忽视了，那个场合，都是一片狗的气味。他甚至生出自卑，期望自己若是一条名副其实的狗多好啊。他说：我正朝那个方向努力，从而增进人与狗的沟通理解，促进人狗和谐，汪汪汪。

第二天，失踪的狗又回到了主人身边，它们身上多了点野性和傲气，但是，对主人还是表现出格外的亲热，有些殷勤和巴结的味道。但愿没发生过什么。于是，艾城在进入狗年之际，开始流行学习狗语。那位穷困潦倒的卧底摇身一变，办起了狗语培训学校，他担任首席狗语教师。不过，艾城居民的心里还是笼罩着阴影，虽然没有发生什么意外，但是感觉要发生什么是迟早的事儿，否则，狗类怎么能发起隆重的聚会，它们的中心议题至今是个不解之谜。当然，个别居民也怀疑，整个狗语学习的兴起，会不会是狗语培训学校的那位狗的卧底的一个策划？他会不会是狗类派到人类的卧底？

消失

他的舞台生涯的最后一场演出结束后，恍恍惚惚间想到了暴雨，大概是因为全场热烈的掌声。他回到家，放了满满一浴缸温热的水，浸泡了好一会儿，直至生出睡意。

镜子上蒙了层水雾，他用一块毛巾去拭。他疑惑地发现，镜内一片空白，竟然没有熟悉的自己。他已习惯了站在镜子前边端详着难以察觉的衰老的进程。

他确定自己确实面对着镜子，还试探着转换几个角度，像在展示一丝不挂的身体。可是，镜子毫无反应，仿佛他的身影被删除了那样。

他擦干了身上的水，心想是不是镜子出了问题。去客厅穿上那套衣裤，重新来到镜子面前。这回他又奇怪了，衣裤像是被一个架子撑着，他仍然不在，那是个没头没手的形象，或者说，仅仅摆出了有人穿着衣裤的架势，却看不到自己。

他想，我怎么会没有了呢？他看见老伴儿坐立不安地走动着自语：是不是他在外边碰上了车祸？他讲话，却没有声音发出，跟他在梦中求救一样。

天亮了他照例去剧院。途中，遇上一两个熟悉的人，他主动打招呼，对方却没有反应。他想到一个字：空。像散场后的剧场那样空。他进剧场，期望剧团的同行回应点什么，那样他可以在对方的回应中感受自己的存在。可是，相处了那么久的同行都对他视而不见。他想，难道我真的不存在了？

他穿上了一套戏服，排练一出戏。他曾以饰演剧中的主角获得过一个高级别的奖项。他穿着那个角色的服装走向舞台，他欣喜地感受着剧团的同行对他的尊敬。他又恢复了原形。

他表演了那个角色的戏，台词、动作像是沐浴着雨后阳光的庄稼那样生机勃勃地冒出来，他在大家的表情、赞叹中看到了服装里的自己。只不过，他是以戏中的角色的面目出现的，服装里裹着那个有血有肉的角色。掌声表明了他不但存在，并且显露着他的功底。

接替他扮演这个角色的徒弟，在他后边有板有眼地模仿着他，他心里踏实了。大概过分投入，他流了汗。不过，他去后台脱去戏装的当儿，那种空荡荡的感觉再次袭来，他甚至听见徒弟问：我师傅去哪儿啦？

同行的眼睛像镜子，他得不到实在的反应。他想，戏装为何能恢复他的实体？不过，戏装里的角色已不是自己。他扮演过诸多的角色，性格、命运、形象各异。他一个人同时又是诸多人，他忘我地投入过一个一个角色。他想，他们都不是他自己，也可以说他们是，而我又是什么？往往反响不错的角色，让人们关注、崇拜他。人们见了他以他扮演的角色来称呼他，他曾欣然接受。

他在第二天的早报上看见了寻找他的启事。他准时地赶到剧院（照理他用不着上班了），套上戏装，念几句台词，做几个动作，他又出现了，或说恢复了。同行欣慰地说：又看见你了，去哪儿了？

他用角色的腔调道白：我就在这里呀！

他察觉了自己的秘密，一旦进入角色，他又实实在在地存在了。他不得不以戏中的角色保持自己的存在。而且，他只要做几个生活中他本色的习惯动作，说几句生活中他本色的惯常话语，他立即浑身不适，仿佛一块糖将要在水中溶解那样。

他不愿再次消失，他索性穿了戏装回家。他不得不凭借戏中的角色留住自己。老伴儿欢喜地流了泪，说：我还以为你丢下我，走了呢。

他用戏中角色的腔调说：怎么可能呢？

起初，人们新奇于他的服装。渐渐地，人们习以为常，尊敬地招呼他。他只能以这样的方式存在。他暗自渴望成为他自己。他不能再消失了，他不能让关爱他的人们（包括老伴儿）牵挂、伤心。很快，他的戏装开始流行，好像他变成了无数的人。

他累了，希望有个人来替代他的角色。他感到，他活着仅仅是顶替戏中的一个角色，真实的他早已不在了。

他应时举办了戏剧培训班，特地选拔了他过去的影子——他毕竟没有遗忘镜子里的自己的形象——相貌像镜子里的他的那类学员。他听到了反应：这个城市简直像在演一出戏。

鸭子悲喜剧

听说艾城的语文教学中已没有作业和课本，我便悄悄地前去取经。我以学生的身份进了教室，当然，我支付了听课费。同时，我获悉艾城已取消了入学的年龄限制。我所在的教室里还坐了三位老头儿，不过，还是以小朋友为主。

中年教师自称所讲的内容属于亲身经历（后来，我知道，艾城的教师开课前总是声明所讲的事情绝非虚构）。教师讲了一个鸭子的故事：

一个月前，鸭子产了三枚蛋，早、中、晚各一枚，一日三“产”，而且都是双黄蛋。这是个奇迹，我决定按规定奖赏鸭子，我还替鸭子申报了艾城“创纪录”名录，这项奖不管是人类，还是动物，只要是居住在艾城的，都一视同仁。艾城没有水域，艾城的水都来自管道。我携带着鸭子去郊外，我把鸭子放进河流里，大家猜，鸭子怎样了？鸭子淹死了。

不待同学们回答，教师说出了结局。教师说：今天，我们讨论的主题是鸭子为什么会淹死?

我没料到小朋友的发言会那么踊跃，归纳起来，主要有三种观点。一是这是只电子鸭，一触水，就短路了。二是鸭子有一肚子鸭蛋。三是艾城的鸭子和水稻一样，都摆脱了水的制约。

教师最后小结，没有否定学生的说法。教师说：鸭喜水，这是过去的老观念，一个物种，一旦长期脱离它依赖的条件，便会对原有的条件产生陌生，我讲的这个故事就是如此，同学们可以思考。

隔一天，中年教师仍讲鸭子的故事。我已获悉，本月语文课的主题是鸭子。中年教师照例声明：我所讲的事件绝非虚构，否则，我将受到艾城教育规则的追究。

他说：半个月前，我相处——注意，我们不能说饲养了鸭子，鸭子和我们是平等的，这是艾城对待世界的观点。我相处的三只鸭子，连续一个星期，打破了只产一枚蛋的常规，而且，食欲空前大，一日三餐的食量几乎翻了一番。我不得不替它们申请艾城的“创纪录”名录，按规定，我得支付一笔款，而产三枚蛋的鸭子替我赢得了名利。三只鸭子“创纪录”的申报经费，是后者的三倍，我得惩罚它们，它们造成了我的经济损失，我携带它们去郊外，我把三只鸭子放到河流里。大家猜，鸭子怎样了？鸭子顺流游走了。

不待同学们抢答，教师给出了答案。教师说：今天，我们讨论的主题是鸭子为什么没淹死?

我聆听着学生争先恐后的发言，仿佛烈日中的群鸭走进了清澈的河水。归纳起来，主要有三种理解。一是鸭子潜意识里还没遗忘它喜欢的水。二是，鸭子自食了产下的蛋，以此达到接近水域的目的。三是三只鸭子因失去同伴悲恸到极点，只有良好的心态才能创造更多的蛋。

教师最后小结，没有否定学生的理解。教师说：鸭喜水，这是传统的习性，一种物种，即便长期脱离它依赖的环境，也保留着对原有的条件的向往，我讲的这个惩罚的故事就是如此，同学们可以思考。

我有点困惑，假如把两个故事联系起来，中年教师将有何说法？我不是艾城人，只得怂恿坐在我前边的学生表达我的想法。

那学生打量着我，说：你不是艾城人吧？

我佩服艾城人的眼光，我微微摇头。

他说：你知道我们艾城的规定吗？

我谦恭地说：你说。

他说：就事论事。

我多事了，我的行踪已受到监视。我不得不甩掉尾巴，溜之大吉。我出城后，发现我找不着来时的路了，我脑子里装满了艾城的“鸭子”。

夜晚的声音

整幢楼都被外来务工者租了。据说，这幢位于繁华地段的楼是艾城最早的一幢住宅楼。这几年，楼内的住户纷纷迁至新的楼房，空出的房子不能闲置，就租出去了。

406 室的房东刘女士说起三十五年前第一次来看新分配的这套房子（当时单位分配房子是一种待遇，房改后，她购入了这套），第一眼觉得 56 平方米的房子那么宽敞，后来，结婚生子，就拥挤了（她的母亲也住进来了）。等全家迁入新区新居 601 室，125 平方米，第一眼的感觉也是那么宽敞，而 406 室旧居那么狭小（那些年怎么过来的呀？上卫生间、去厨房，简直要设红绿灯呢）。

刘女士一个季度来一趟旧居收房租，每一次都忍不住怀旧——想起在 56 平方米空间里生活的情景。

旧楼面积最大的一套不过 70 平方米。刘女士这一套房子，现在租给两个人。一个姓楼，是长期的房客；另一个总是不确定，更换频率很高，多则半年，少则半月，像一个戏剧，一个主角，数个配角，配角轮流登场，却是陌生面孔。

刘女士也嫌麻烦。唯一能做的就是将一个房客退租与又一个房客来租的时间衔接紧密。空置，意味着损失租金。退租的房客隐约抱怨那个固定的姓楼的房客。

这回，新来的房客姓康，一个二十八岁的青年，在一家广告策划公司从事文案业务。刘女士向他介绍那个锁着门的总门右侧的卧室，说那个人姓楼，在一个单位里做清洁工。

刘女士向康先生介绍卫生间、厨房，说它们都属于共用。康先生说自己一日三餐不用烧，公司里供应，而且，公司还有淋浴。刘女士免去了他这一部分水电费。他说只要晚上有个栖身处。

刘女士委婉地说，希望他在这里生活得舒适。言下之意，长期租下去。

康先生早出晚归，几乎跟楼先生没有照过面。进了总门，入了房间，总是随手关门。只知，楼先生的门没锁，意味着在房内。他躺下能听见楼先生的动静。

楼先生临睡前要冲个澡。一般在晚上 9 点前后，很准时，准时得有点刻板。凭声音可以判断，他用的是塑料桶，哗啦啦，冷水从头浇到脚。然后，接水，随之，又一桶水浇下来。三桶之后，能听见他回房间时拖鞋拍地的声音。

当一桶冷水冲浇的声音传过来，康先生感觉到寒气袭来，好像浇的是自己。他就裹严实被子，缩起身子。康先生怀疑楼先生有洁癖，且不说楼先生每日冲澡，而且客厅每天都留下拖过地板的湿迹，简直一尘不染。卫生间里所有的东西，都准确无误地放在该放的位置，都有一种“乖乖”的姿势。仿佛楼先生已养成了长期在这生活的习惯，短裤、袜子也是每天换洗。楼先生的短裤是紧身的那种，倒是康先生偏爱穿松垮的短裤，那是乡村的大裤头，可以穿着在村里走。

康先生入住两个月后，一天他提前“归巢”。他和女友在茶馆里用了便餐，女友要来看他住宿的地方。他一开门，几乎惊了一跳，因为楼先生的门好像连锁反应一样也张开了。

楼先生大概听出了不是一个人，而是两个人的声音吧！他看见康先生身后的姑娘，那一刻，楼先生的目光有点异样——包含着敌意（这是不是康先生多虑了呢？），然后，楼先生退回，关门。

康先生进了自己那个房间，随手关门。女友问：这是谁，看人怎么用那种眼神？

康先生意识到，关于楼先生的背景资料，他根本不了解（仅知楼先生已三十七岁了），他说：管他呢。

一会儿，传来楼先生开门的声音，很夸张，接着，是卫生间的接水声，接着是决堤那样整桶水倾倒的声音。

康先生看了时间，10 点钟。这说明楼先生第二次冲澡了。

他悄悄地送她出门，看着她走下浓浓夜色的楼道，真担心她被这夜色融释了，但他不能说什么。他站在总门口，听见楼先生的房间传来一声咳嗽，是表示存在的干咳。

第二天一早，康先生去上班，刚打开门，楼先生的门也开了。这是第一次正式照面。他朝楼先生点点头。

楼先生说：昨晚那个女的是你的女朋友吧？

康先生说：怎么说？

楼先生说：我已在婚姻中介所挂了号付了费，怎么半个月了还没有回音？

康先生说：你主动去问一问吧，这种事，急也没用。

当晚，康先生回来，9 点钟，他听见卫生间哗啦哗啦的水响，等他摊开被子，第三桶水响之后，归于平静。不过，他突然发现，房间里有人进来过。因为，平放的枕头斜放了——稍微斜放在靠背上。并没有缺失什么东西。而“将军不下马”的门锁除了房东，只有他有钥匙，门框的痕迹表明是动过了，固定的螺丝旋出来又安进去过——起子划掉了一溜漆。

总门也没有撬过的痕迹。康先生望了望楼先生关闭的门。不是行窃，而又故意显示进入过——斜放的枕头仿佛是个警告。

隔了一天，康先生就约了女友再来他的住处。

想不到的是，席梦思斜陷下去。

传来关门的声音，那是楼先生返回房间了。

康先生抬移席梦思床垫，发现床架的横档竟然是几根宽窄不一的板条，而且板条，他们所躺的主体的部位不仅被移位了，还抽掉了一根。他记住那一刻发生在晚上 11 点一刻。手表摔坏了，指针永远停在那个时间上不动。

第二天，康先生开门，楼先生也开门。楼先生一副没事一样的表情，康先生真想对他发出质问，可是，他还是径直去上班了。床的声音和水的声音毕竟有关系。他觉得楼先生像个消防员。

一星期后，康先生打了刘女士的电话，提出退租。他没说“席梦思”有人做过了手脚，只是说：我的房间有人进入过，见鬼！

刘女士说：少了什么吗？

康先生说：东西倒没有少。

交出房间钥匙时，刘女士说：你租的那个房间，房客像走马灯，就是留不住。

一根秀发

多年过去，吴先生跟一个女人的关系维系在一根秀发上。追溯起来，还得从高中说起。

一开学，他就看见她的头发。他和她的家方向相反。三点一线，学校是那条线的中点，他和她的家分别在线的两个顶点。

这条线，其实由两条平行线构成，一条路和一条河。河边的柳枝已布满了一串串的绿色芽苞。下午放学，他不知不觉跟着她走，当然，远远地相随着。她没察觉。他望着风撩起她的秀发，等他看不见她的身影，他忽然发现垂柳不正像她？那是毕加索的一幅少女图。

夕阳西下，他攀上一棵一人可搂抱的柳树，又可见她远远的身影了。她披着晚霞，仿佛她在燃烧。晚风中，千百条柳枝拂着他，他撩开拂面的柳枝，直到看不见她为止——她彻底地融化在晚霞里。一条空旷的路，一条喧哗的河。

吴先生说：那一刻，我期望自己是一只鸟，栖在她长长的秀发里。

他真想跳过夜晚。那时觉得黑夜那么漫长，想直接抵达早晨。因为，太阳就是从她家的方向升起，想象她从早晨的阳光里往学校的方向走，仿佛昨天的太阳又复活了一样。

他和她同桌。他在纸上画柳树，完全模仿她的一头秀发。他还写上：春风杨柳万千条。

她直视着老师的板书，根本不瞧他的杨柳，轻轻地说：无聊。

他多么希望风从窗户吹进来，撩拨她的秀发。

考试时，他就焦急，好像试卷在她那里。他趁监考老师不注意，向她使眼色，并指指她的试卷，做出往这边挪的手势。她掩护了他作弊。

过后，他上课仍然在画柳树。甚至写上：少女。

她说：无聊。

他写了个字条：这是向毕加索表示敬意。

她用纤细的手撩了一下眼睛前的秀发（秀发像舞台合拢的幕布），那是她的招牌动作。

他舔舔嘴唇，想到自己在柳树上望着她走向远方。他仿佛听见鸟儿的啼啭——一只鸟栖在柳树上。他注意到，她会时不时地撩一下秀发。

我听吴先生说起过记忆中的秀发，他已经赋予它诗意了。时间增加了这种诗意。

高考已进入倒计时，日子一天一天缩短。他发现，她不是撩，而是梳。那手是一把天然的梳子。终于，一根秀发落在桌面。像折了一根柳条那样，他捡起，夹在课本里。

他高考落榜。从此他见不着她了。她被一所名牌大学录取。他复习了一年，考入一所大学的美术专业。他当时考试的题材以杨柳为主。一晃，毕业了。他在艾城的一家广告公司谋了份职业。

那一根秀发，穿越了无数本书。不过，秀发总是夹在他最新阅读的书里。秀发掌控着他阅读的节奏，甚至，那根秀发数天都停留在同一页里，毫无进展，时间似乎停滞了。那一根秀发使书中的文字、图片失却了意义——那是她说过的一个词：无聊。

他丧失了冲动、向往和热情。他不再关注日出日落，而是宅在画室里。他已经依赖安眠药去度过漫长的黑夜。

一天，梦里，他惊喜地看见了日出，醒来，室内笼罩着夜色。他打开床头灯，看书看累了再接着入睡。他发现那一根黑色的秀发枯黄了。好像一根柳枝脱离了树。他觉得发生了什么不祥之事——他以为这是一种征兆，他已习惯往一个物件里投入什么寓意、象征之类。

他起床，打开了所有的灯，包括客厅的灯。那些灯大多是装饰。他寻找容器。他生出迫切的危机感——拯救濒临死亡的秀发。

一个金鱼缸——是我赠送的。因为，我数次来吴先生的画室，总觉得缺什么活物。他说：我不是吗？我说：这还不够。

他捧出了一直放在角落里空置的金鱼缸，注入了自来水，然后，像拿一条鱼那样，把那根夹在书里的秀发，小心翼翼地置入玻璃缸中。那根秀发在水中，没有完全沉到缸底。

于是，吴先生就有了一个盼头。地球之所以有生物，关键是有水，还有阳光。他拉开窗帘，金鱼缸放在古色古香的盆景架的圆台上（盆景架不过是个摆设，这样一来，也用上了）。早早晚晚，他数次去观察缸中的那秀发。他能看出它细微的变化——风拂柳枝那样，秀发构成的线条伸展、弯曲，一日一日的不同他都捕捉到了。

终于，有一天，早晨的阳光映入金鱼缸。他舔舔嘴唇（每逢他紧张的时候），他看见那根秀发在游动，像舞台上舞动的绸带，如轻风中晃动的柳条。

那一根秀发活了。完全像一根黑丝在清澈的溪流中，可鱼缸中水没动——没有外界的影响。

隔三日，吴先生换缸中的水。来拜访吴先生的同行、朋友猜测这是一种稀有的生物。艾城的生物学家也疑惑不解，因为，检索所有的物种，也没有像发丝这样的生物。

它食什么？水大概就是它的食物，它在水中吸取微量元素。它怎么繁殖？目前的迹象还看不出它可能有后代。

但是，吴先生只对我讲了这一根秀发的来历。我当然有责任替他保密。

艾城，像吴先生这样大叔级的男子，很受姑娘的青睐。可是他毫无兴趣。牵线人问起他标准，他一笑了之。过了不惑之年，他说我这样活得蛮好。

一天，吴先生请我吃饭。我是第一个被他请客的人。他破例饮了酒，摇头说：我不该见到她呀，她怎么能这样呢？

其实，我知道他一直忘不了他的初恋——只不过是单相思。

很偶然，他在街上遇见了她。他不知她也居住在这个街区，多少年月，多少可能，时间把他和她岔开了。或许，无数次，她刚走过，他正走来。终于，同一个时间走在同一个街口相遇。她已留着齐耳短发了。

他看着她牵着手的女儿，他说：你那一头漂亮的长发呢？

她说：过日子不方便，剪了。

他说：你女儿留着长发真好。

他记忆里，她那个披肩秀发，永远像春风杨柳。现在，只剩金鱼缸里养着的那唯一的一根了。他克制着没说。他对我说：我倒情愿见不着她，可惜呀，那么漂亮的长发。

他总是关注长发女子。那一次的邂逅，他连艾城的美术展也不参加了。我知道，他宅在画室里，一定在观赏那一根游动的秀发。

移动广告

艾城居民惊奇地发现，接连三天，旭日东升和夕阳西下的两个时段，有一辆马车，保持着交通限制的最高时速，经过几个繁华的街道。那是古装电视剧里能够看到的交通工具，好像时间返回到遥远的某个时代，人们会猜测御车里坐着皇帝或公主。人们偏向于美丽的公主。

驾车者的装束，完全是古代的车夫，那马，是膘肥体壮的枣红马，有人认为是汗血马。马车像是有什么紧急的事情，飞驰而去。很快，人们注意到，马车两侧绘有跑鞋的图案，特别是把一个徽章式的标志突出了，那是一个“飞马牌”的商标。马车那种姿态和速度正好符合商标蕴含的意义。

人们还猜测，车厢里乘坐的不是皇帝或公主，而是“飞马牌”跑鞋，似乎分布在艾城各处的销售点已告急。我的儿子在马车停歇的地方，揭开厢帘，发现里边空无一物，大概是考虑轻装上阵吧。马车，纯粹是跑鞋的移动广告。

儿子打出生以来，没见过马。他挺机灵，那天傍晚，打了辆出租车，跟踪马车到达车夫住宿的地方，是雇用车夫的老板替他租的房子，是一间相当简陋的老式院子。围墙破开一道能容马车进入的门。车夫一天的活儿到那个时间就结束了，他卸下马身上的挽具，接着，他汲起院中的井水，用一个刷子，去刷洗枣红马，枣红马浑身水亮水亮，反映着余晖的光彩，有时候，马会打个响鼻，前蹄会刨刨地，像是奔跑得不够尽兴。接着，车夫把饲料倒入食袋——一个挂在两棵树之间的布兜，类似休闲旅行的睡袋，饲料很精，主要是苞谷、苜蓿。车夫还往里边拌两个鸡蛋，那打开鸡蛋稔熟的动作，简直像面对灶台的厨师。儿子每天回来就会向我述说他的发现。他说：那个叔叔对马真好。

渐渐地，艾城只有小孩还能保持着好奇，马车一出现，小孩会去追逐，甚至，有的小孩甩脱爸爸或妈妈的手，进入追逐的行列。我不愿给儿子套“笼头”，我儿子的状态像一匹无缰的野马。我认为，这种好奇会渐渐疲软，不必去阻拦。我儿子回到家，身上就有一股马的气息，我想象那个院子一定弥漫着浓浓的马的气味。妻子会勒令：快去洗澡。

有时，我给儿子浑身打上沐浴露，他简直是个泡泡人了。他会捏一个一个的泡泡，说：那赶车的叔叔也是这样给马洗澡。

妻子会说：你简直是一匹不听话的马驹。

儿子说：那个叔叔还对马说话呢。

我说：马怎么说？

儿子说：只有叔叔不停地说，马听着，马的耳朵一支棱一支棱，我知道马听懂了，马听懂了会甩甩尾巴。

我说：马夫怎么说？

儿子说：表扬马，说它今天跑得多好，可惜，有谁欣赏它呢？现在，有小轿车了，到处都跑着小轿车，它已结束了你的辉煌。

我肯定，马夫是个爱马、识马的汉子。

一天，我先是看见儿子手中的“爆谷”，然后，看见儿子穿的跑鞋，跑鞋是压岁钱所购，而“爆谷”是马的精饲料，他偷了然后去一个摊头加工。

我扇了儿子一耳光，说你抢马饲料。儿子手里的“爆谷”像突如其来的冰雹一样跌落一地。儿子还不等我第二个耳光扇过去，就奔出门外。我第一次发现儿子竟能跑得那么快，简直像马儿那样奔跑。他脚上的跑鞋出现在许多小孩的脚上。他们穿着跑鞋，如同出了马厩的小马驹那样欢快地奔跑。小孩引领了艾城的这种时尚，不久，就波及晨跑的大人。

我望着儿子背着书包去学校的背影，欣慰地说：你今天跑得多好啊。

有一个星期没见着街上奔跑的马车的踪影，儿子身上那马儿的气味已淡去。我打听到，马车跟汽车相撞，肉抵不过铁——枣红马死了。马车广告的策划者是那位大名鼎鼎的策划大师，他不知打哪儿物色了那条汉子和那匹骏马。不过，他忽略了那样奔跑可能发生意外交通事故。

到底是条硬汉，失却了心爱的马一个星期之后，没有马没有车的车夫，开始了亲自奔跑，他脚蹬跑鞋，背负广告，仿佛穿越古代奔入当代，他穿着运动员的大红背心，脚步轻盈、迅疾，一点也不比那匹马逊色——移动广告或活广告。

我猜测，他的马夭折，他不得不自己出面，因为，他得维持生计。他的行为引发了一轮时尚，这回是成人，好像他是领队，后边跟着一群成人，不知情的人以为正在举行一场马拉松长跑。人们的脚上都穿着“飞马牌”跑鞋。

我不得不给儿子再买一双跑鞋，因为，即使那双跑鞋再脏，他也不肯脱掉。他自豪地说：我在学校的运动会上跑了个冠军。

我想，一个人身体内蕴藏着多少自己所不知的潜力呀，它需要一种媒介去唤醒，无疑，跑鞋激发了儿子身上的潜力。

我望见车夫奔过的身影，忍不住想：像马那样奔跑多好啊！

车夫（我们还这样称呼）出现在街头，成了时尚的标志，他几乎不差一分钟那样准时奔来，不久，跟随的人群在减少，后来仅剩稀稀拉拉几个人，再后来，是他孤身一人，他那奔跑的姿态和速度丝毫未变。他总是保持马那样奔跑的速度。最后，约莫过了半年，再也不见他的身影，我住房前边的那条街，仿佛永远缺了什么，始终等候什么那样留着一个空白。

据传，车夫跑不动了，何况，“飞马牌”跑鞋的销量已饱和了。据说，车夫进军另一座城市，去开拓市场。我没去探询哪一种说法确切。我偏向前一种说法，一个人怎么能像马那样奔跑?

我儿子那两双跑鞋已丢在鞋架的底层。他不知车夫的名字，却能喊出枣红马的名字，车夫常亲切地唤枣红马：宝根。他悄悄唤过枣红马宝根，枣红马会“咴咴”回应。儿子说，有一回，车夫也在场，他一唤，车夫和马都像被叫名字那样一齐朝他看。我判断，车夫的名字可能也叫宝根，因为没人用这个名字叫车夫，车夫就用这个名字叫马了。况且，他奔跑起来，真的如同那匹马。

意外遭遇

那天，他突然想去艾城，这种冲动很迫切。刘小奇已去世三周年了，他想起，今天是刘小奇的忌日。

他简单准备了日用物品，无非是牙膏、牙刷、毛巾，还有一本三年前的通讯录，积累了数年的巴掌大的蓝色塑皮本。他说：我去艾城会会刘小奇。

妻子说：你还惦记那个圈子呀？

他说：一帮朋友会责怪我忘掉了他们，刘小奇肯定要对我罚酒三杯，何况，我最近什么也写不出，创作源泉像枯竭了一样，和刘小奇相聚，能够碰撞出灵感的火花。

他一直没告诉妻子，刘小奇已经死了的事实。他不愿伤妻子的心，因为之前妻子曾和刘小奇有过一段恋情，那是一段明显不可能有结果的恋情，后来，他插手了。他和妻子绝不谈那段恋情，可是，他估计妻子的心里会反复演绎那段恋情，似乎不冷不热的夫妻生活中总有刘小奇的阴影，其实，刘小奇的死恰好证明了妻子选择的正确，因为，他活着。但是，他不能毁灭了妻子的想象。

列车驰行的节奏伴随着他心跳的节奏，仿佛重返那段单身的日子——那个无拘无束的朋友圈子，刘小奇一出现，便理所当然地成了话语的主角。可是，刘小奇不断地宣告：我要死了。或说我已经死了。好像刘小奇在宣布要干或即将实施一件惊天动地的事件那样。他甚至打趣，说你要死就赶紧死吧，我给你撰写一篇经典的悼词。刘小奇说：你说话算数哟。他确实赶出了悼念的文章，发表在《艾城晚报》的副刊上。幸亏妻子没有阅报的习惯。

他想着想着，想累了，列车接近艾城的时刻，他打了个盹。见到刘小奇摆摊，一地的《意外遭遇》——刘小奇自费出版的一本碎片似的作品。梦中，他奇怪，刘小奇的书摊设在十字路上的交警岗亭台上，红绿灯中，来来往往的车辆不可能停，这等于说刘小奇的书根本无法出售，还突然降雨，雨线密集地落在书上，竟不湿，随后，雨歇，又起风，像是无数只无形的手在翻阅摊开的书，翻得一片喧哗，接着，书乘着风，鸟一样地飞起来，一群一群的书，飞翔在城市上空，引得许多人去追逐。交通顿时阻塞，刘小奇站在岗亭开始指挥交通。他朝刘小奇呼喊：你成功啦。

一喊，他醒了。列车进站。天空飞过一群鸽子。他想那可能是刘小奇的书。其实，刘小奇尚未出版过一部书，可是，他一直在酝酿那部《意外遭遇》，声称那是一部献给未来的书。

没有想象中的朋友来接站。他想到一个事实：刘小奇已经死了。他对妻子说的话，竟造成了他的错觉，以为真的是来会刘小奇的呢。

通讯录中的地址，立即在他的脑中形成一个朋友分布地理图。他拨了一系列电话，不是忙音，就是号码已取消。他的旅行包里放着妻子委托的一件礼物——卡尔维诺的小说《寒冬，一个旅行人》，接收者是妻子的同窗，也是刘小奇的暗恋者，仅仅是单相思，从不付诸行动，刘小奇的自杀表明了她的选择是正确的，或许，她要是选择了刘小奇，刘小奇就不会选择自杀，谁知道呢？

现在是初冬，他觉得自己像是那个旅行人。妻子仅仅是顺手抽出卡尔维诺的那本书，她的同学就要借阅，一个共同的兴趣，时间还保留着这种兴趣吗？起码，妻子有点做个人情的味道，或是懊悔当初的自私。那是一系列有头没尾的故事，坐上出租车的他，倒期待自己的故事有个意外的结局，无疑，他来艾城这个开端不是出奇了吗？

他怀疑妻子没断绝跟艾城的交往，因为，妻子提供的女友的地址无误，只不过，原来的服装店，现在已是书店了。

妻子的女友似乎料到或等待他的光临，说：坐坐坐。

他冒出一句连收也来不及收回的话：刘小奇来过了吗？

她说：三天前来过，他现在只收藏书。

他想是不是都沉湎在对刘小奇的怀恋之中，不能自拔了，以为刘小奇还活着。难道刘小奇是假死，只是不断放出死的风声，那段日子，刘小奇表现出厌倦的情绪（对固定的圈子），刘小奇说过孙行者画了个圈，想保护师徒，却把师徒们圈住了。

他说：刘小奇的《意外遭遇》有眉目了吗？

她说：他只看不写了。

他不去点穿她。一个人梦游，要是被扰睡，就可能出事。还是让她（包括妻子）沉浸在刘小奇活在艾城的幻觉之中吧。他佯装选择书，无意中他发现有一个卡尔维诺的专柜，《寒冬，一个旅行人》也在其中。因为对一本得不到的书的向往，而去开一爿书店，她如此无非是表达一种怀念吧。

他不露声色。他想，不能破坏了气氛。他没拿出妻子让送的礼品，毕竟迟了。谁稀罕已有的东西呢？岂不是雨后送伞吗？

书店的顾客已增多，都观察着书架，像是苦苦寻觅一件遗失之物，有点碰碰运气的表情。卡尔维诺的《寒冬，一个夜行人》，不是一本，而是七本，像是克隆，都是新的版本，跟他包里那个版本有着同一个译者，而价格已翻了几倍。

他坐下喝她续的茶水。那些顾客，像是梦游者，他的眼里，书店百余平方米的空间里，他们沿着自己的路寻觅，却相互不发生碰撞。他甚至能听到书页的声音，如同微风吹进森林。她还给他冲了一杯咖啡。她还建议再沏一杯茶，他说：我一天只泡一次茶，无论续多少次水，都不换茶。

她说：那已是形式的茶了，等于喝白开水。

他说：有茶叶留在杯中就行，我已习惯了。

她突然说：刚才，你没看见刘小奇？

他说：在哪儿？

她说：这回，刘小奇没进来。

他说：你怎么没叫他进来，或者，提醒我一下。

她说：他不希望谁打破他现在的状态，他只是探了探头，大概发现你在。

他说：怎么可能这样？我们没有积怨，我们一直是朋友。

她说：刘小奇见了熟人也跟见了生人一样不打招呼，他的眼里就只有书，所以我开了书店。

他猛然想起刘小奇所谓《意外遭遇》里的一段故事（其中有句话：像死掉一样悄悄地活着），就是刚才发生的故事，只不过是从那个人物（也是刘小奇）的角度观察书店出现的朋友。刘小奇确实写出了未来的故事（三年后的遭遇），躲避“圈子”，用假死的方式脱离圈子，断绝关系，而不撕破脸皮，却又在朋友、恋人中保持一个美好的形象。他想起，为了巩固和稳定那个“圈子”，朋友们定下一系列奖惩的规矩，谁都没有提出异议，包括刘小奇。

他告辞。他怀疑她是刘小奇的同谋。他感到被拒绝、被抛弃了。甚至在街道的某个角落，刘小奇正窥视着他的行动，这样，他渐渐走出了刘小奇的视野。高耸的楼宇之间的天空，又飞过一群鸽子，他想到在列车上梦见的书。他的脑海里闪出一个念头：难道妻子知道刘小奇仍然活着？而我，对刘小奇来说，已经死了？包里的这本书又能证明什么呢？

饭碗

他看着店主将十二个馄饨舀进有紫菜的纸碗里，盖上盖，套上塑料袋，他走上街，仅十几步，突然内急，而且急不可待。

今天怎么程序颠倒了？他长期的习惯是先早餐后排泄。有了压力，才能排泄顺畅。他已有半个月没着落了，今天他要去面试，用馄饨给自己一个奖赏。他担心憋不住，会出洋相。

他观察周围，关注厕所。他来艾城已有半年，换过许多工作，最长的不过一个月，他知道厕所的位置。不过，现在这一带，好像正在开发。当他望见原先的电话亭现由一个古色古香的房子做置换，他还是不相信那是厕所。厕所像是害羞，隐藏在绿色的树木之中，虽然是移植过来的树木，仓促开出了白色、粉色的花朵。

仿佛是他曾经的一个梦。一个小间，像是门卫房，里边有一男一女。他看出是一对来自乡村的中年夫妻，脸面、穿戴都有没来得及脱去的乡村气息。

厕所比住房还要气派，他问：这里可以方便一下吗？

中年男人说：抓紧时间。

排泄还要限定时间？他说：我会加快速度。

窗口敞开，桌上摆着一沓裁得整整齐齐的草纸。他付了一元钱。坐上马桶，他感到了空前的幸福。他笑了，因为他还端着纸碗。

村庄里，自小父亲就叮嘱他：捧住饭碗。他离开村庄进城打工，时不时换“饭碗”，他体会到饭碗和工作属同义词。纸碗传递出热气，突然感觉肚子清空了。

这时，他闻到了奇异的香气。瓷砖地板有拖过的水渍。他终于发现了香气的源头，墙角，有一个盘子，盘子里支着一盘香，像靶环。他吸了吸鼻子。似乎是花开的香气。

突然内急，是不是这个厕所隐约在召唤？他揿了放水的按钮，咕咚一声，吓了他一跳，那么利索的冲击。暂时放下纸碗，系好皮带，他走到窗前。风轻拂着树木，像无形的手拿着欢迎的花束。他揭开盖子，一口一个馄饨。

他来艾城，莫名其妙地有了一个怪癖，吃饭时避开别人。可能不想让别人看见他吃得那么简单吧。否则会引起别人的嘲笑。有一个同伴说：你吃饭，像狗，狗啃骨头就不让人看见，总是避在角落里。

怕什么，什么就出现。一帮人，有五六个，虽然不是集体内急。由那一对管理厕所的夫妻引导着进来。

他来不及吃剩下的三个馄饨。他捧着纸碗，嘴里含着馄饨，自然而然地恭敬起来，仿佛接受检查那样。

所有的目光都集聚在他的身上。他像察觉了什么，甚至顺着那些目光，收回自己的目光，落到手上的那个纸盒。他的手心能感到盒底的热度。手心汗湿了。

那个人显然是头儿，因为几个人簇拥着他。那对夫妻的表情流露出责怪，仿佛在说：已经提醒过你了，你还来劲儿了，不知道这是什么地方吗?

头儿笑了，说：还要验收吗？卫生能达到这个标准，这是最好的说明。

他腾出一只手，被动地被握住。

头儿指着那一对夫妻说：你和他们认识吗?

他摇头。

头儿说：要是预先有安排，就显得过分了。

他看见摄像机的镜头推过来，他抬头遮脸。

一个记者模样的女性问：你对这个环境有什么感觉?

他说：比我租的房子好多了，外边香，里边也香。

记者指指纸盒，重复问：你对这个环境有什么感觉?

他说：我买了……突然……就发现了这个地方，我把进和出的程序弄颠倒了。

头儿说：小刘，这位同志第一次对着镜头，手下留情吧。

镜头对着他，他端着纸盒，身体僵硬，似乎要做出一种姿态，领奖的姿态，他在电视上看见过。

头儿说：我们还没有用过早餐，我邀请你和我们共进早餐，就上你熟悉的馄饨馆吧。

他说：我也不熟悉。

记者笑了，那对夫妻也跟着笑了。

头儿和他肩并肩，走向馄饨馆。他捧着饭碗，终于吃出了馄饨的味道。肉丁芥菜的馅儿，他联想到山野的荠菜。

上午，他应聘——面试。当问到有什么特长，他脱口说：今天，我上了电视。

他和同村的伙伴一起租的房子。他省略了厕所，只说：今天，我上了电视。

遗憾房间里没有电视机。他拉着同伴上房东家，房东在看电视连续剧。他像电视剧人物的出场亮相一般，说：艾城新闻里，你看见我了吧？

房东说：我刚忙完家务。

他失落地返回房间。他想象面试时发布的预告，那个评委观看了艾城新闻，他希望厕所的背景模糊掉，只显示他捧着饭碗——纸盒，那说明他对工作多么在乎。熄了灯，他已经能够对着镜头，说起话来能够对答如流了，只是有点滞后。

好孩子

梅季，难得一个有太阳的好天气。小星背上书包，发现阳光到达不了的床底下，像是趴着什么，就如同一只小猫在院子里的树荫下蜷着睡觉。

被子、枕头已晾在院子的阳光里。妈妈在院子里洒水，扫地。

爸爸要送小星上学，进来说：再不走，就迟到了。

小星拿着一沓纸币，晃一晃，像挥动一面小旗帜。爸爸一看，百元面额，还是连号。

爸爸说：好孩子不能拿这么多钱。

小星指指床底，说：我捡的，捡了钱，要交给老师。

爸爸说：这肯定是我们家的钱，要是客人来我们家，掉了钱，能不来问吗？这几天也没来过客人，要是你在街上捡了钱，理所当然要交给老师，而且，街上的钱也不可能飞到我们家躲起来，是不是？

小星的眼睛像星星一样眨了眨，说：你不是个好孩子。

一家三口，妈妈表扬小星，总是说好孩子。爸爸做了小星满意的事儿，小星就说爸爸是个好孩子，爸爸很受用，还用实际行动维护“好孩子”的荣誉。妈妈会说：没大没小。不过，小星照样这么说爸爸：好孩子。

妈妈进来，听出了眉目，破天荒地顺应了小星，说：让小星的老师去处理吧。

爸爸说：这么多钱……你这么不讲原则了？上交自己的钱，争个好孩子的荣誉？

小星念小学二年级。傍晚回家，小星像带着一面小旗帜那样，挥动着一沓发出响声的纸币。

妈妈笑了。她端菜，盛饭，进进出出。

爸爸好奇地问：老师怎么说？

小星说：我们老师说，家里捡的钱就应该交给家长，街上捡的钱，才该交给老师。

爸爸得意地说：你看，我没说错吧，老师公正，跟爸爸说的一样。

小星及时表扬爸爸，说：你是个好孩子。

妈妈说：你当爸爸，越当越小，女儿表扬，你像吃了补品一样。

爸爸把妈妈拉到门外，嘁嘁喳喳一阵，似乎在指责妈妈。妈妈像有什么把柄被爸爸握住。这个家，妈妈说话算数，嗓门最高，爸爸开了家广告策划公司，妈妈掌握一项基本权力：经济大权，也就是家庭财政，不松手。可是，这一次，妈妈难得低声说话。

小星隐约听见了一个词：私房钱。

爸爸先，妈妈后，进了门。小星对爸爸说：你又不是个好孩子了。

爸爸说：我又没犯错误。

小星说：当面不说，背后乱说，你们在门外议论我了吧？你不是说过，有话放到桌面说吗？

爸爸对妈妈说：你向女儿解释吧。

妈妈说：梅季潮湿，我取枕头，抖了抖，抖出了枕头里的钱，我没察觉，小星眼尖，好孩子，我们吃饭了。

小星说：那也用不着避开我说悄悄话吧？

爸爸像切葱一样，把一句话切碎了，说：今后，我们，注意，改正。

小星说：我们老师说，有错就改，就是好孩子。

放到往常，妈妈会说看把女儿娇惯成什么样了，可是，这一次，妈妈一声不吭。一直到晚饭吃罢，妈妈默默地收拾碗筷。

爸爸哼起了早年的儿歌：我在马路边，捡到一分钱，把它交到警察叔叔手里边……

小星说：啥嗓子呀？跑调啦！

那天晚上，小星提出要睡到爸爸妈妈的床上，她看一看妈妈的脸，像征求意见。

以往，妈妈会说：要学会独立，小孩睡小床，大人睡大床。现在，妈妈说：你的被子已晒过太阳了。

雨像坚持不住那样，趁着夜色落下来，发出各种各样的声音，像一个大合奏。小星凭声音能判断出不同的东西。

小星躺在爸爸妈妈中间，说：太阳的味道真好闻。

然后，爸爸妈妈和太阳的味道混在一起，听着淅淅沥沥的雨声，小星不知不觉进入了梦乡。梦里，有一把偌大的伞撑开，像童话里的蘑菇。伞的上空，有一个大火球般的太阳。

爷爷的感觉

我和郑群豪同属马，同有儿。我的儿子还在恋爱。他说他当爷爷了。

那一天，还没吃早饭，电话响了。他和老伴等待着这个电话。要是电话不来，他和老伴说好，一起去医院妇产科。

电话里，儿子说：生了个女儿。

老伴用家乡口音说：也好也好。郑群豪模仿艾城当地人的方言，说：妙哉妙哉！

顾不得吃早饭，老伴拎起预先装好的旅行包，催他一起出门。

郑群豪说：你先去。

老伴说：该准备的东西，我都带上了，你还想什么呢？

郑群豪摆摆手，很似平常思考一个犯难的事儿，不让老伴来打扰。

老伴叮嘱一声：你随后就来。

于是，郑群豪换上短袖绸衫和大脚短裤，趿着布拖鞋，打开折叠扇——他瞒着老伴，几个月前托一个老裁缝定制的，悄悄放在一个箱子里。唯有布拖鞋是入冬后居家现成物品。

他讲到这里，我推算，他的孙女出生的时间是冬至。冬天够冷了，还要摇扇子，冷上加冷。他盼望有个孙女，遂了愿，心中热。想到他那副行头，算什么角色？趁孙女没登场，他提前热热场子。

他说：我那是寻找当爷爷的感觉。

郑群豪在艾城，十年前，他还是农民，来艾城打工。他在老家，看长辈有了孙辈，尤其是孙子，当了爷爷的村民，就穿着那身装束，一副长辈的模样，威严又洒脱。

他也模仿着村里长辈的样子。一下子当了爷爷，他摇着扇子，在屋里来回踱步，然后，躺在藤椅上，手中的扇子不停地扇，似乎要扇出一种感觉。

我说：找到爷爷的感觉了吗？

他摇摇头，笑了。他说：我只是一下子觉得老了，因为增加了一辈，还是找不到村里老一辈人的那种感觉。

我委婉地催过儿子结婚的事儿，可儿子说不急。我仅想到这一步。

郑群豪望着窗外的街路，人来车往。他继而说：孙女到了会走会跑时，会像果园里的蝴蝶飞来飞去一样。

我说：那时，树老了，却要忙了。

瓶中鹅

小女孩第三次看见第三位新娘从门前经过，拾着几乎拖地的下摆，不远处停着一辆小轿车。小女孩说：我也要当新娘。

这个小区，是艾城最早的一片楼房，户型小，设施差，自来水龙头流出的水带有铁锈色。整个小区的楼房差不多都出租了，租给外来务工者，他们操着同一种方言，那是中原农村的浓重口音，许多人还沾亲带故，一个人带一家人，一家人引另一家人，好似艾城里安放了个“老家”。

小女孩的爸爸先是投靠同一个村庄的亲戚，然后，妈妈也跟过来，租的都是这个小区的房子，因为价廉。年轻的男女已经到了谈婚论嫁的年龄。

小女孩仅六岁。爸爸来艾城的第二年小女孩出生，之后就送回老家了。今年接她来，起初她只是观新娘、看热闹，随后，她嫌不够，就宣布她也要当新娘。

小女孩的家租的是一套低层的房子，50多平方米，临街，人来车往，逢了喜事，新娘必经此地。

妈妈说：那你就快些长大，长大了就好当新娘。

小女孩说：我现在就要当新娘。

爸爸宠爱小女孩，他和妻子，嘴对耳，说了一阵悄悄话。

小女孩模仿爸爸的口气，说：有话摆到桌面上说，不要搞阴谋。

爸爸笑了，说：我和你妈妈商量，怎么配合你，你说，怎么当新娘？

小女孩指指天，天上有几朵白云。她说：婚纱，白云一样的婚纱。

爸爸做出架梯子的姿势，辅以伸手摘云的动作。

小女孩说：你够不着，云不能穿，云是雨的妈妈，你们跟我走。

来到一个婚庆公司。里边的人也操着与小女孩同样的口音。量身，定制。小女孩还指定了一朵塑料玫瑰，她说：开不败。经理还逗她：新郎在哪里？小女孩说：花儿开了，蜂蜜会来，有了新娘就有新郎，我要先打扮好。大家笑了，赞赏小女孩很有一套自己的想法。穿上了婚纱，众人鼓掌。小小新娘对爸爸说：分喜糖。爸爸意识到自己的角色，抱歉道：我光顾了高兴，把喜糖给漏了。

走出婚庆公司的门，小女孩说：哪有让新娘一直走的呢？

爸爸示意八个同乡，说：摆出抬花轿的架势，让小小新娘站在中间。

小女孩说：城里不兴这个，我不坐大花轿，要乘小轿车。

妈妈陪小女孩先回家，爸爸承诺，小轿车由他安排。他惊奇小女孩指定要坐“宝马”。妈妈劝小女孩（“摆家家，租高级轿车，费大钱”）。爸爸表示：今天，要让小妮子尽兴。

爸爸捧回一辆玩具小轿车，牌子对路。

小女孩说：我怎么坐进去？

爸爸曾经给小女孩讲过瓶中鹅的故事：将一只可爱的小鹅，放进养过鱼的瓶中，小鹅一天天长大，挤满了瓶子，主人舍不得损坏瓶子，便去拜访禅师，要求给出两全其美的法子。禅师突然唤那主人的名字，并大吼：出来！主人本能地应了一声，发现瓶内已空。

爸爸说：你记得瓶子里的小鹅吗？现在，我喊，小新娘就坐进了小轿车。

小女孩说：我还在外边，我这么大，车那么小。

爸爸顺手把一个小布娃娃塞进玩具“宝马”车里，说：现在，你不是坐在里边了吗？

小女孩说：你哄不了我，我要亲自坐进去。

于是，当晚，小女孩拒绝进食，她说：我要把自己饿小。爸爸妈妈急了。妈妈说：会饿出病呢。爸爸说：这样会把自己饿空了，身体不好咋做新娘，听爸爸的话，吃归吃，想归想，又想又吃。

小女孩说：咋想？

爸爸说：瓶中小天鹅，是一声吼出来的，车中新娘，该一声喊就进去，你就想，用喊助力，爸爸也帮你喊。

好多天，小女孩待在家里，用命令的口气要“宝马”变大，叫自己变小，还喊：坐进去。

爸爸是建筑工地的施工员，有一天，下班回来。小女孩正为奇迹没有发生而生气，说：现在起，我不长了。爸爸为难，他不能解释成长问题（生长不生长不由自己说了算）。

爸爸妈妈发愁，因为夜间几次听见女儿在梦中喊坐进去。妈妈提议，帮女儿租辆“宝马”，乘一回。爸爸说：小孩的兴趣慢慢会转移，等等看吧。

有一天深夜，小女孩梦见一个玻璃房，外形如瓶子，可是，房子里有方向盘，有座椅，她喊：坐进去。她听见汽车引擎的声音，明明发现自己不在外边了，但是玻璃房里空无一人。于是被惊醒了，小女孩躺在妈妈的怀抱里。

一天天过去，婚纱不合身了——有些紧，就挂入衣橱，小女孩不再做梦呼喊。玩具“宝马”车也被放进床头柜。

小女孩入了小学。她已经有了自己的一间小屋（不足 10 平方米），小屋里有一个衣橱，衣橱上有一面大镜子。记忆像星星那样呈现，妈妈取出最里边的婚纱，说：衣橱小，占地方，你还想穿吗？

小女孩脸一红，说：我已经出来了。

爸爸不出声地笑着，说：小妮子长大了，害羞了，我们替她保存好。

也只能这样

做了一个美妙的梦。我苏醒，跨在梦境和现实的门槛上，顾不得吃早餐，就兴冲冲下楼。

架空层的储藏室防盗门敞开着，就如同梦中的门向我敞开。我像拜访一个陌生的房间，带着研究的态度，望着储藏着的夜色，以及夜色中所摆设物品那朦胧的轮廓。仿佛储藏室苏醒——睁开眼了。我发现一个空缺，是本该停放一辆自行车的地方，像擅自离开一样，空出来了。

我站在门口，不愿进入迷雾般的夜色，仿佛我一旦进入，也会融释。我退后几步，仰起头，朝二楼的窗户喊妻子。

妻子打开窗口，探出头，俯视。

我辅助手势朝上喊：车不见了。

然后，我疾步离去。我刚打开工作室（我写作的房间，离我家步行仅需一刻钟）的门，座机响了。我想，打电话的人一定了解我。仿佛我在那个人的视野里。

妻子说：门被撬开了，你也不关，就走了？

我急于想把美妙的梦用文字固定下来，不然就会模糊或消失。

我说：关不关已没意义了，看来要换一个锁。

妻子像提醒，说：车被偷走了。

我说：还能怎么样呢？

妻子说：你的口气，好像车自己跑掉了，那可是一辆崭新的车，车座还没坐热呢。

我脱口说：那有什么办法？被人惦记上了，可能那个人更需要它。事情到了这个地步，还能怎么样，还能怎么说？

妻子说：你就对我喊一声，甩手就走，这算什么？

我说：我发现……我第一时间报了消息……车不见了，还能怎么样？

妻子那头恼火地挂断了电话。

我恨不能自己变成那辆自行车。儿子要学骑车，他指定了品牌、款式——某某赛车。还不会骑就要"赛"？我按照儿子的要求，购来车，利用晚饭前后的时间，我陪他练习。起初，车龙头晃来晃去，他歪来歪去。我想起儿子早先学步，现在学骑，未来学驾。我逐渐慢下来，他逐步快起来，毕竟他年纪轻轻。夜色降临的时候，我已经能够悄悄放手了，但我不让他察觉，我跟着跑，好像仍然扶着后架那样。

我估计，在练习骑车的过程中，被那个人的目光给盯上了。妻子又打来电话，通报储藏室失物的情况：唯一失窃的是那辆赛车。我说：那是直奔主题。遗憾的是它尚未与其他物品（电风扇，煤气瓶等）相互熟悉。

赛车在我家过渡的时间那么短暂，我也没体验过它的性能。我不愿被人惦记（换个词是打扰），可是，我惦记起了赛车。

冲了一杯咖啡，我煞有介事地坐下——排除杂念。我意识到，那个美妙的梦消失了，就如同阳光照进了储藏室，替代了夜色。我隐约记得梦中有一扇门，像有人在里边向我打开。现在关闭了。梦境最怕阳光。

座机响了，我惊了一下。显示是妻子的手机号码。她说：我叫来了修门的师傅。

我说：也只能这样。

我坐着发呆。我想到了狐狸，想到小时候农场连队家属院里丢了鸡的妇女骂人。其实，我知道狐狸夜间偷鸡。

我曾把狐狸偷鸡的技巧对儿子说过：狐狸从沙漠潜入绿洲，它在鸡窝里衔住鸡头，然后，鸡乖乖地跟着狐狸走，像跳双人舞那样。

我甚至表演着狐狸的动作，仿佛无形的鸡在“伴舞”。

儿子问：你怎么知道是狐狸偷鸡？

我答：我进入沙漠迷失了方向，那是进去出不来的地方，我跟随着火狐回到了绿洲……我没揭发狐狸，当时，我替狐狸保密，我憋着这个秘密，我第一次沉住气，保守着一个秘密。

于是，我写下了那辆赛车的事情，终于，记起了梦。我的眼前浮现一个情景：门在月色里打开了，赛车出来，趁机离开，那钢圈在转动中，闪烁着碎银般的光，车坐上没有人——谨以此纪念那辆赛车吧。也只能这样。

回家

她和丈夫数次动员她的母亲来她们家里住。那时，65 岁的父亲刚去世，室内所有的东西都是父母一起生活的见证。她担心母亲哀伤，想让母亲换个环境。母亲比父亲小 3 岁。

母亲说：这个家，我住惯了。

夫妻俩商量，让儿子出面。有三年，儿子上幼儿园，早晚都由母亲送接，而且跟父母一起住。念小学，离父母的家远了，夫妻俩就分工接送。

她记得小时候，院子里的一棵梨树，就像她拽着母亲的手，梨把梨枝压弯了。每年秋天，摘了梨，母亲带着她，到院子里的各家各户去送梨。据父亲说，那是他出生的时候，奶奶栽下的梨树。

现在，院中的五户人家，有三户的房子已租出去。她带着儿子，这一回，她说：妈，你指导，我们摘。

仍然按照惯例，由母亲领着，儿子拎篮子，上各家各户去送梨。怪不得母亲和院子里的人关系那么好。

儿子说：外婆，忙完了，住到我们家去吧，我来照顾外婆。

母亲说：这个家，我住惯了。

母女俩聊了一会儿。儿子说：我们回家吧。

她说：这里是我的家。

儿子说：我要回我的家。

母亲说：娘在哪里，家就在哪里。

儿子一只手拉母亲，另一只手拽她，说：一起回家。

母亲说：树辛辛苦苦结了果，摘掉了，外婆还得陪着它。

她隔三岔五来这个老宅院。母亲说：你们忙你们的吧。这里，我样样都能做，做惯了，你来也插不上手。

儿子考上大学那一年。树上挂着可怜巴巴的几个梨，还比往年小。可能是一场台风刮掉了梨花。母亲说：梨树累了。

母亲病了。诊断不出确切的病因，住了三天医院。母亲反复说：我要回家。

趁机接母亲到她们的住宅，预先已收拾好一间。还安了空调。那晚，母亲睡不着，执意要回家。

送母亲回家，陪护了一个星期。她的耳朵，时不时能捕捉到母亲那个房间的声音，寂静了，她不放心。她悄悄起来，借着月光，看躺着的母亲。

母亲叫出她父亲的名字。她说：妈，是我。

有一天，很晚了，她听见电视机的声音。她到母亲的房门，夜色里，电视屏幕里出现一片果园，一树一树的花，红的，白的。

母亲睡着了。

她关了电视。

母亲醒了。

她说：妈，你忘了关电视。

母亲说：这里不用你照顾，还是操心你的家去吧，你在这，我睡不好。

过了八十岁，母亲病了，怪自己的身体不听话了。

儿子已在艾城工作，他闻声来探望母亲。他发现：梨树的叶子枯了。这一回，母亲的病很重，他总觉得梨树和母亲有什么生死的关联。

母亲不肯住院，说：我不能离开这个家。她只好联系了医生，来老宅院出诊。有一天傍晚，母亲以为住了医院，大概看见医生的白衣白帽，说：我要回家。

她说：妈，这就是你的家。

夫妻俩轮流来陪护。丈夫白天，她夜晚。夜里，她的耳朵捕捉着母亲房间的声音，几次起来去查看。听见母亲呼噜，她担心什么卡在喉咙里，抽掉一个枕头。过一会儿，呼噜又响了，像一块痰瘀在喉咙里。

儿子几次来看望，鼓励道：外婆，加油，等着看梨花开吧。

春天。拉起窗帘，她不让母亲看见院中的梨树，似乎要制造一个悬念。她不断传报梨树的生长情况，说：梨头成熟了，还是叫你外孙来摘，再由你带领，去各家各户送。

梨树上只剩几片绿叶，似乎营养供不上，也渐渐地枯萎了，仿佛还没有从冬天苏醒过来。

母亲频繁地说：我要回家。

她说：这就是你的家。

母亲说：你是谁？

她说：我是你的女儿呀。

秋天，梨树的枝条干干净净、分分明明。母亲去世了，一口气没喘上来。喉咙里总是淤着痰。

隔一段时间，她来老宅院，希望梨树上长出嫩叶，或者，飞来一只鸟。可是，再也没有鸟儿来栖梨树了。

房子里有一股潮霉味。她打开门窗。风吹进屋里，很淘气，弄出了声音。傍晚，她关闭门窗，不开灯。她看着母亲房间虚掩的门。夜色渐浓。她忍不住推开门。似乎母亲已睡着了。她退出，看见窗外院子里，月光下的梨树，枝干分明，像张开无数双手，承接着什么，托举着什么。

她说出母亲多次说过的话，似乎回味着那句话：我要回家。

两个世界

起因于兔子和乌龟赛跑的故事——一本绘本。

那一天，小女孩莫名其妙地闹，似乎眼前的现实让她烦躁——不知为什么？于是，妈妈带她去书城，换个环境试一试。小女孩一进儿童图书的楼层，就安静了。

小女孩翻看一本一本绘本，仿佛进入了另一个世界。终于，妈妈催促。妈妈该准备午饭了，问：你选好了吗？

小女孩选中了兔子和乌龟赛跑的绘本。妈妈先去菜场，让她自己回家。

小女孩听了一个童话或者看了一本童书，时常会这样：请家庭成员——爸爸妈妈，包括布娃娃，以及偶尔来看望她的爷爷奶奶或外公外婆，扮演童话中的角色（严格按照童话里的情节、语言、结局），当然，小女孩是导演又是演员。甚至角色不够，她还邀请邻居家的小男孩加盟，以草莓冰激凌为“出场费”。她总能在现实中重现童话。按她爸爸的说法：现实的花园里开出虚幻的玫瑰。

家里，养了一只乌龟。时值双休日，小女孩叩开了对门家的门。

邻居的小男孩和她上同一所民工子弟学校，比她高一个年级（她念小学一年级），却常常听她的调遣。似乎小男孩也心甘情愿，何况，能吃上小女孩奖励的草莓冰激凌。小男孩养了一对兔子，像两个白净的雪团。

小女孩邀请小男孩，带领一只兔子跟乌龟赛跑。她承诺，要是兔子胜了，奖励兔子一根胡萝卜（妈妈每次都要买胡萝卜），并且奖励兔子的主人一支草莓冰激凌。其实，小女孩已有把握，因为绘本已把结局明确了——乌龟赢。

小男孩也想给小白兔换换口味，因为，一直吃废弃的白菜帮子（小男孩在菜场捡的）。

小女孩要小男孩等候通知：准备完毕，我来叫，你就带领小白兔代表队入场。

小女孩在客厅的地板上，用白粉笔画了起跑线和环形跑道，重现了学校田径场地的布局。她还想象用手装成发令枪，模仿发出枪响……一切筹备妥当，她已出了一头汗。遗憾的是没有入场式的进行曲，那可以用嘴巴“伴奏”。

这是炎热的夏日，她移来落地电风扇，将电风扇的头朝下，还调到“摇头晃脑”，那样，风可以吹遍比赛场地。她对木盆里的乌龟抱有十足的信心，乌龟整日不动，已经积蓄了多少力气呀！套用爸爸的话：养兵千日，用兵一时。她对乌龟说了同样的话。

小女孩敲敲乌龟的背壳，问：准备好了吗？

仿佛在冬日把缩在厚厚被窝里的头伸出来，乌龟伸出头，似乎好奇——外边有什么情况？

小女孩好像看见古装戏里的战将穿着厚重的青甲——又重又热。有一次，她去建筑工地给爸爸送饭，爸爸脱了外套，只剩一个汗湿的背心。爸爸说这叫轻装上阵。

小女孩扳了扳乌龟壳，扳不掉。乌龟四脚朝天露出发白的肚皮，她说：穿这么多，咋能参加比赛，要轻装上阵呀。

于是，小女孩翻了爸爸的工具箱，挑出起子。她以为背壳与身体应当有纽扣之类的轴相连，可硬硬的壳与软软的体却连得天衣无缝。然后，她找来一把锋利的尖刀，边剥边说：我帮你脱掉外套，比赛后，我再给你穿上。

小男孩抱着小白兔进来，看见木盆里的水一片鲜红。壳即将脱离乌龟的身体。小男孩说：你动员不了乌龟，就惩罚它了？

小女孩双手鲜红，说：我帮它脱外套，叫它轻装上阵。

小男孩说：不能随便给动物脱衣服。

就这样，小女孩第一次没有在现实里重现童话，而是举行了一场葬礼。小女孩和小男孩在楼前的绿地里挖了一个坑，堆了一个小土包。小女孩哭了。乌龟的小坟墓使她想起有一天晚上，蚊子又叫又叮，开灯一看，胳膊上鼓起了一个豆粒般的肿包。她又抓又挠，哭个不停。

妈妈已厌烦在女孩导演的童话里扮演角色，影响正常生活——要操心的事情实在太多。她就板起脸，手还像切菜，做出切断的动作，说：现实就是现实，童话就是童话，记住教训，两个世界不能弄混了，弄混了就要出危险。

鱼饵

八个男人围成半圆形，聚集在江边，站着。有一个人居中，坐着，像圆心，他注视着三米远的江水，那里有浮漂，他手里拿着钓鱼竿。不知怎的，我联想到一群蚂蚁，捕着了一个活食。

这是大运河。艾城居民不说河，而是说江。总是喜欢往大了说。我不知古代大运河的景象，但是，前些年，已用标准的石块砌了河床的两壁，整齐划一，河边有鹅卵石铺就的步道，还有呈几何形态的绿地。河边栽了垂柳，如同美女刚沐浴出水，柳丝像秀发还触及着水。石砌的河沿有护栏，弧形的铁锁链由方柱形的水泥柱连接。

我的家和办公室都在大运河边，两者距离很近，步行只需一刻钟。边散步边欣赏，主要是欣赏垂钓。绿地里散发出桂花的芳香。不冷不热，时节恰好。可是，经过的几个垂钓者已令我失望，所以，看见聚集了那么一堆人，那一定钓到“大家伙”了。

网兜横在护栏上（足有两米长的竹竿的一端有小脸盆一样的网兜）。我透过密集如桩子般的腿往里看。我问一句常说的话：形势如何？

谁也没瞧我一眼，不过，几条腿自动挪开了。天蓝色的塑料箱里，带了半箱水，水里乌乌的鱼脊，像一片浓绿覆盖的山岭。我脱口赞叹：收获不小。

六米远的江边，斜伸向江上一根鱼竿，鱼竿背后却没有人，估计垂钓者也过来看热闹了，距离这么近，那边“冷清”，这边“热闹”。

我听出他们的中心话题，像是个烹饪论坛，一个人发言（说鱼的烧法），其他人点评、补充，转而，引出另一个人的发言，甚至纠正或推翻前一个人的制作方法，好像每个人把最拿手的秘方提供出来，共同完善。

一个人钓起的鱼，众人替他着想。我发现，那个坐在帆布折叠靠椅上的垂钓者，一言不发，至多笑出声，但不回头，像教室里的学生注视着老师的板书——他俯视着浮漂。浮漂一沉一沉，往水里钻，可以想象水下的钓钩受了多大的拉力。

垂钓者挥动鱼竿，一条鱼像被追急了一样蹿出水面。在空中花式翻转着，沾水的鱼鳞折射着早晨的阳光——闪闪发光。巴掌大的鲫鱼，在步道拍打一阵，然后被摘了钩，放入塑料箱，顿时引起了骚乱（你也会落入这个地步？鱼问，或者共同挤兑突然闯入的外来者？），水花飞溅，仅片刻，归于平静。

我遥望着两边和对岸，心想我面前的这个垂钓者施了什么魔法？

中断了的烹饪“论坛”继续进行。塑料桶里的品种确实丰富，有鲤鱼，有鲫鱼，有胖头鱼，有黑鱼。他们把宴会上吃过的鱼和祖传的家常菜相互比较、融合，似乎酝酿要以“最新鲜的鱼”烹饪出一桌鱼宴。

垂钓者一次一次将鱼钓出来，每一次都短暂地中断“论坛”，但是，随着放出鱼钩，“论坛”又进入新一轮火热，仿佛受了鱼的启发。我一直担心，岸上的“论坛”——烹饪鱼的口头热议，会不会传到水底？幸好鱼类听不懂人类的语言。

似乎岸上和水底同时进行着两个聚会。很可能附近的水域，鱼们也纷纷游来聚会（它们怎么相互转告？），然后，一群各种各样的鱼，围绕着鱼饵，争先恐后——垂钓者有时一次钓上两条，最多三条。线上安了数个钩。鱼们会不会议论一番，然后再吃鱼饵？

鱼通过厚厚的水层，望见岸上的人了吗？我想象不出水底的鱼的视角里岸上的人是什么样貌？不过，我暗笑之余，想象自己是一条鱼，潜入水底，于是，我像个“麦田守望者”，我要鱼们“别急着吃”，让我传达人类的诡计——鱼饵的危险。

可是，垂钓者挥动鱼竿——我在鱼群里，指着突然飞上去的鱼，不是鸟，而是吞食鱼饵的同时被鱼饵包着的利钩挂上的鱼说：你们发现没有，蹿上去的鱼，有去无回，你们还前仆后继，毫不接受教训？我临时紧急召集一场水下“论坛”，利用我的便利，针对岸上的阴谋。人类正打我们的主意呢。

我的脑子里，似乎我在主讲，但鱼钩下水从不落空，我想我这“对牛弹琴”应当为“对鱼弹琴”。我用的是人类的语言，我混入鱼群，却不懂鱼类的语言。

天蓝色塑料箱里一片乌乌的鱼脊拥挤着，露出水面，一次次骚动，又一次次平静。仿佛我无奈地从水下回归岸上。烹饪“论坛”已近尾声，他们对垂钓者发生兴趣。

我可能表达了众人（附近垂钓者也放弃垂钓，前来看热闹）的疑惑。我问：你施了什么魔法？

垂钓者终于回头，仰视着我，他的目光巡视了一圈，笑着说：鱼食鱼饵，这是常规，但是要与时俱进，我发明了适合这个季节的鱼饵，给鱼换换口味。

好奇者取了垂钓者手里的一团鱼饵（此前他握在掌中不停地揉，像玩健身的核桃），外表常见，可是放到鼻前闻一闻，脱口：桂花香。

我立刻闻到了空气中桂花的香气。

陆地上的船长

早晨，太阳刚刚升起，他便站在晒谷场上，一只手叉在腰间，另一只手一挥，像一个指挥千军万马的将军，他喊：起锚，出航！

爹叹了一口气说，疯子的船又出海了。

我好奇地看着他。我没见过海，没见过航船。他迎着照进山坳里的阳光，穿着整齐的制服，很威武，很气派。阳光勾勒出他的剪影。

晒谷场周围是一块块水田，绿莹莹地连向山岭。接着，他开始踱步。我观察了好些天，他从晒谷场的东头慢慢地走向西头，沉思的样子。

我发现，他绝不多走一步，接近晒谷场的边缘，他就回身继续走。他的皮肤黝黑，不是山民那种黑，是海风吹出的黑，爹告诉我。我想象大海无遮无拦的阳光。

他走得那么准确。爹说他那条船跟晒谷场差不多大。那么大一条船，我想，一个移动的晒谷场，周围的绿田不是像平静的海水吗？

爹说，别去打扰他，可怜的船长。一个失却了船的船长。我对他生出敬意，他的身材魁伟，把那一身制服撑得板板正正，好像挂在衣架上边那样。

太阳在不知不觉地升起，有一竿子高了，他仍重复着踱步——那是他在甲板上散步。我希望他脚下的晒谷场能够航行。他踱步的时候，晒谷场仿佛在漂移。他的制服衣襟在山风里猎猎抖动。

可是，天阴下来了，不知哪里钻出来了乌云，发酵似的膨胀，遮住了太阳。他停下脚步，四处张望，甚至双手圈成两个圈，罩在眼眉前。父亲说那是他的望远镜。

爹示意我们村里的几个小伙子都来，他们想嚷嚷但最好不要出声。其实，我真想赶过去，登上他的船 。他举起双臂，说，全体注意，风暴来啦，各就各位，保持航速！

我们乐了。他焦躁不安地跑起来，跑到船头——晒谷场的东西，用脚踢踢摊在地上的稻谷，说赶快采取措施，海水漫进舱里了。他开始寻找什么，大概是桶之类的东西，舀海水。他忙着踢稻谷，金色的稻谷飞起。我的娘撩起围裙揉在手里，对我爹说，你去劝劝他，这样糟蹋粮食。

他喊：快，水泵，都躲起来干吗！他四顾着，像是寻找想象中的船员。我们沉不住气了，真想赶过去帮他一把。

他冲着我们喊：胆小鬼，你们丢下船逃走呀！你们过来，我命令你们过来。大海可饶不了你们！

我瞧了一眼爹。爹低声说：别过去，他疯病发了，发过一阵就会好转的。

我真想过去支援他，他需要帮手。我见他像热锅上的蚂蚁那样，在晒谷场上疯狂地奔跑。我真不忍他那么孤独，可能我们过去能够安慰他。

他终于停下来，哭腔哭调地说：沉了，沉了，我们的航船，沉了，你们都逃吧，鲨鱼不会放过你们。

据爹说，他那条船在一场海上风暴里航行了一天一夜，最后，接近了一个无名小岛，触了礁。

太阳钻出乌云。他的声音低下来，说沉了，沉了。似乎在念咒语，我看着环绕着小山村的山岭，好似晒谷场在下沉，下沉。

他走出晒谷场，朝我们走来——登上小岛。他的神色又恢复了正常，像经历了场海上风暴，现在，他的表情呆滞、淡漠。他根本没看我们一眼，似乎我们不存在，他绕过我们，径直地走进他的屋子。

我们踏上了他的航船——晒谷场，整平了踢乱的稻谷。我学着他的样子，在场上走，想体验当船长的感受，还是我出生以来看惯了的小山村——晒谷场，可是，刚才（每天他都要演绎一场出航的仪式，只是今天意外，出现了阴天）那场“沉船”的风暴就发生在这儿。大海无情，我想看遥远的大海，我长大了一定要去见识大海！

疾病表演者

我们这位疾病表演者降临人间的时候，又是哭，又是病，就是不吃奶。到了三岁，家人还不给他起名字，因为他生病没断过，而医生又诊断不出他的病因。父母无奈地以为他没治了也没救了，索性任凭他生病。背地里，亲人、医生都称他是病篓子、病秧子。

他折腾到四岁，突然不病了，好像一个人逃着逃着，发现后边的人没追上来，他就止步了。不过，他已发现了一个现象：他反复生病的那几年，父母都围着他转。他停止生病了，父母反而嫌弃他一样，好像对他失却了兴趣。

他独自待惯了，到了上学的年龄，他不肯去学校，他娘生气了，他爹还给了他一耳光，于是，他又开始“生病”，不是真病，他只是表现出病的症状，像背诵课文一样，他实在太熟悉生过的病了。父母以为他真的生病了，不但不催他上学，反而又恢复了围着他焦急担忧的状态。

他发现生病真好。吃饭、玩耍，这一系列他偏爱的事儿，都在生病中得到了，他几乎把生过的病重复了几遍，他悟性不错，断断续续念到了初中，他已把生病当作表演了，因此，同学也不敢招惹他，虽然他长得又瘦又矮，生病仿佛是他的有力武器。

他表演生病，类似重温功课。进入高中，他跟不上学业了，父母也让他待在家里，帮母亲管管小杂货店。他对数字比较敏感，用不着计算器，一口能报出一堆商品的价钱。

他父亲就是那会儿生起病了，起初以为是胃病，又怀疑是心脏病，吃了许多药，不见效。后来，父亲疼起来，会在地上蜷着身子，捂着腹部。

这是我们这位疾病表演者所没有见识过的病。他注意了父亲疼痛的表现过程，他不忍父亲那么难受，他想：要是我能替父亲受这份痛就好了。背地里，他练习了父亲疼痛的整个过程，他有这个天赋。

奇迹出现了，他真的疼痛起来，而父亲的症状消失了。他欣喜他承担了父亲的病，仿佛找回了生病的感觉。父亲病愈了，继续去忙活了。何况，他又掌握了一项新病症的表演技能。父亲转移到他身上的病已诊断出是胆囊炎。

每逢疼痛袭来，他立即投入表演，他能真实地感受到自己的存在（牙疼才知牙的存在，我病故我在，这是他的哲学）。在表演中他发现，他的表演能击退病魔，很快，他不治而愈。

一天，他上街，碰到了一个生病的人，脸色苍白，一头冷汗，而且痛苦地呻吟着。这是他没生过的病。他突发奇想：替那个人生病。他仔细观察了那个人的表现。很快，他立在那个人面前，似乎是一面镜子，惟妙惟肖地表演起那个人的表情、动作、声音，几乎是同步。那个人敌视他，只因为难受得无力了，否则，他一定挨一顿斥骂和拳脚。

反复三次，那个人不再难受，而他继续表演，疼痛像太阳一样在他身体的原野上慢慢升起。那个人握住他的手，深表感激，还说你是第一个消除我痛苦的人。

他闪出一个念头，把世间所有的病集于一身。他告诉父母，他打算出去闯荡，他长大了，不能老是窝在父母的翅翼里。

他走街串巷，表演自己生过的病来吸引别人。然后，在观众里发现病人。观众还当他是个卖艺人，或者乞丐，时不时地会丢些硬币和小面额的纸币。他以此打发自己的肚腹。饭食方面，他倒不讲究，他还耐得住饥饿，有些事，三岁前，已奠定了。

巡回表演中，他确实发现了许多病症，他时不时沉浸在发现的喜悦之中。他不仅收藏疾病症状，而且实地替别人生病。关于他的传说，随着他的游走，像种子一样到处播撒。甚至，有的病人追踪他而来。病像个包袱，转交给他，他来者不拒。

他不违忌自己的绰号：病篓子。有时，闻知他的出现，有的大人会拽住好奇的小孩，别来接近他（那会传染的呢，大人就这样唬小孩）。他倒认同疾病表演者这个称呼。他宣称：希望我给大家消除痛苦、带来快乐。开场白之后，他会让观众点播期望欣赏的病症。有时，他为难，观众会点播他不曾见识不曾患过的病。那时，他会拜访那位观众，刨根挖底，像挖掘即将流失的文化遗产那样，了解陌生的病。有时，表演中，他会遇到知音，因为他的表演会产生共鸣，那些一度生过同样疾病的人会认可他（那就是我当年生病的样子，观众说）。有人评价，他的表演是独辟蹊径，将灵魂与肉体、文艺与医学有机地融合，创出一个崭新的表演领域，有望进入主流的艺术舞台。

还有犯难之处，是表演妇女的病。妇女点播的病，他会诚恳地说：这我确实不会，很抱歉。对方提出质疑：你不是说所有的病吗？他说，可是，我是个男性，我期望自己有个女儿身，遗憾的是我也有局限。他表示，愿意探索。他说，他对未知的东西始终抱有好奇，何况，人类有一半是女性。

小时候生过的病，是他的保留节目。不停地游走，他已掌握了未能涉及的许多病（他减轻、消除了多少人的病痛暂且不表），这一点，符合他的本意，他是病篓子嘛。渐渐地，他不得不放缓旅程的节奏，因为，他浑身各种病搅和一起，开始发作了，他的身体散发出莫名其妙的腥气、臭味。他的周围不是观众而是苍蝇，围着他飞舞盘旋。

他清楚，他已无力承担世间的病了。生别人的病，遭别人的嫌弃，他发现了。他开始服用各种各样的药物，他清醒地看到，他已难以支付逐渐庞大起来的医疗费用。

于是，我们这位疾病表演者开始了他纯粹的表演生涯（他瘦弱的身体，已承载不了那么多人点播的病了）。他得先投入表演，创造收入，消除自己的病，这一点，跟腾出堆放杂物的房子一样。不腾空，新的东西怎么放得进？表演之前，他会设法清除身体怪异的气味，这样，能缩小他和观众的距离。问题是，所到之处，期望中的观众已回避了他（传言比他跑得还迅速）。甚至，有一天，他进入表演状态（即便只有一个观众，他也不放弃表演），两个人前来干涉，说是要对他进行隔离。

他说：不是我的病，是别人的病。

两人架起他，说：反正你有病，你携带的疾病已对这一带造成潜在的威胁。后来的事儿，我不得而知。我不是一个全知全能的叙述者。我认为，我们那位疾病表演者的初衷不容置疑。

天线

那一天，我终于碰见了周立挺。

差不多有一年没见着周立挺了。这一回时间算长了。以往，他至多也就几个月不露面，我猜他一定又陷入一件事了。周立挺有句口头禅：一心不可两用。他一旦做一件事就十分投入，好像那一件事牵着他的鼻子走，其他事儿就干扰不了他。他绝不同时做两件事儿。比如，学生时代的一个暑假，他突然对垂钓发生了兴趣，他不仅从早到晚坐在河边钓鱼，还研究各种钓具。有一次，他竟然跳入河里，他忘了自己是个“旱鸭子”，幸亏有人及时救起。我能想象出他落水时，伸出像天线般的双手求救的情景。我问他是不是热得受不了，可也要先学会游泳呀。他说我想了解鱼为什么不上钩？第二天，他放弃了垂钓，学习游泳。但所有的钓具都永远地闲置了，他不会重复对一件事儿的兴趣。

现在，周立挺愣住了，仿佛不认识我，他还沉浸在某件事上吧？他的夹克衫沾满了星星点点的涂料。

我说：你不是在谈恋爱吗？怎么弄成这副模样？

他心不在焉，说：我在装修新房，现在出来选购材料。

我说：交给装潢公司不就得了。

他做个“拜拜”的手势，说：自己动手，丰衣足食。

我冲着他的背影喊：要不要我帮忙？

他不回头（丢一句：等着吃我的喜糖吧），摆摆手。那挥动的双手，像天线。

高中毕业，他待业；我则参加高考，等待录取通知。有一天，他一脸微笑地找到我，我知道，他的笑容背后有事儿，而且不容我拒绝。

他声称：我要给我家的电视机装天线，必须收到所有的频道。

那幢楼是艾城最早的住宅楼了，有八层，是沾了他父亲的光。他家在一楼，有 50 多平方米，电视机在客堂间。他安排我在客堂间，他架梯，通过八楼的天窗上了楼顶。

他在楼顶呼，我在一楼应。无非是我观察电视机图像，他调整楼顶的天线。当时，也就十多个频道，得靠天线收。现在，电视频道有百来个，艾城已有统一的收视装置。

他在楼顶俯身问，我在一楼探头答，确保图像的清晰。确定一个频道，再转入另一个频道。

我估计整幢楼都听见我俩的喊叫。我时不时地饮水，滋润喊干的嗓子。他却滴水不沾，声音始终保持那么响亮，好像楼顶安装了一个高音喇叭。

这也是他做事儿的风格，一旦启动，别说喝水，连吃饭也顾不上了。

我不能说肚子饿了，还是他的母亲催我们吃饭。他似乎嫌母亲干扰他，说我不饿。他母亲说：你不饿，别人饿。

他母亲关闭窗户，不叫我探出头去应，他不得不下来，仿佛电视信号不及时锁定，就会消失。其母说：电视节目能当饭吃？我已热了两遍了。

周立挺似乎对我不放心，收看已调好的两个频道，认为我说的情况离他的“理想”尚有距离。他嘀咕：眼见为实，语言这东西还表达不准实际情况。他仓促扒了几口饭，好像吃饭耽误了他的事儿。

当晚，他执意让我留宿，要我睡在他的床上，他临时打地铺——这样方便交流，以便明天操作得更加顺畅。他还要我观看已调妥的频道是否符合他要求的图像标准。

整个星期，我食宿都在他家。我称他为“周扒皮”（《半夜鸡叫》里的地主），因为，天蒙蒙亮，他就催我起来，而太阳落山，他才下来。其间，他要上上下下数十次。他不相信我对图像的描述。我确实抱着差不多就行了的想法。我缺乏耐性。渐渐地，我遵循起他的标准，因为省得返工。

最后一天，电视机能收视十三个频道了。可以说周立挺破了当时艾城的最高纪录，为此，《艾城晚报》还发了一条豆腐块大的文化新闻，记者把周立挺这种行动拔到“胸怀祖国，放眼世界”的高度。

周立挺特意邀请我“登高远望”。我的视野确实开阔了——第一次登上楼顶，周围的一切尽收眼底，不过，我没料到，那一根根扯到电视机的线，跟那么多个天线相连，天线简直像一群蜻蜓。他一根一根地介绍，这一根掌管哪几个频道，那一根又负责哪几个频道。说起来，他很自豪。似乎全世界的动态都体现在他家客堂间那个黑白电视机屏幕上了。

我以为他可以闭门享受劳动成果了。三天后，我在街上遇见他，似乎他又追逐另一个兴趣。“重大工程”竣工，交付使用，他又转入另一个项目了。

我说：那么多电视节目，看够了？过瘾了？

他说：所有频道的节目都大同小异。

当然，现在周立挺不用再费事给婚房安装天线也能收到百来个频道了。他那套新居，由父母全额出资（两室一厅）。据说，他为了装修婚房（从设计到实施，包括选购材料，均由他一人操办），请了半年的假，他在企业里的岗位已被人替代。

按照进程，他该结婚了，可以实施“传宗接代”的大事了，其父母也可放心了。我等候他的婚礼请柬。还能漏了我？我沉不住气，找上门。

周立挺很得意自己的“杰作”，他引领着我参观新房，甚至，窗玻璃已贴上了一对剪纸鸳鸯。

我说：新娘呢？

他说：现在新房装修完了，未来的新娘莫名其妙地失踪了。

那位姑娘是周立挺的初恋。一年的恋爱，他相当投入，几乎形影不离。他在装修新房期间，也相当投入，不但不见未婚妻，而且不让她来进行中的婚房，只说：到时候给你来个意外的惊喜。

他很委屈，不知为何发生变故。他拍拍胸口，说：恋爱时，我一心一意恋爱，装修时，我也一心一意装修，她应当了解我，一心不可两用，装修新房，不也是为了爱她吗？

他举起双手，像去托举吊顶。我忽然觉得，他的双臂像竖起的天线，在接收信号。他说：她关闭了手机，已停机，这个吊顶，还是采纳了她的建议，可她还没来欣赏过。